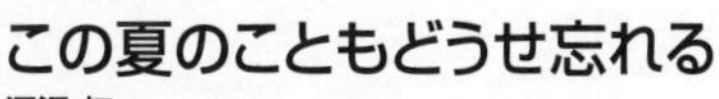

深沢 仁

ポプラ文庫ピュアフル

この夏のことも
どうせ忘れる

FUKAZAWA Jin 深沢仁

この夏のことも
どうせ忘れる

Contents

空と窒息

母が初めて僕の首を絞めたのは僕が小学四年生のときで、夏休みのことだった。

僕はリビングでソリティアをやっていた。庭の松の木でセミが鳴いていた。エアコンの調子が悪くて室内は蒸し暑く、肌がべたつき、指が何度もトランプのカードにくっついて遊ぶのに苦労したのを覚えている。あの頃使っていた飛行機柄の青いトランプ——。それを綺麗に並べ、一枚一枚めくっていくのが好きだった。家の中に青空を広げているみたいだったから。

母が近づいてきたのは気配で察していたが、顔をあげることはしなかった。外の洗濯物でも取りにいくのかと思った。彼女がふっと目の前に膝をつき、トランプの列がぐちゃぐちゃに崩れたときに初めて、抗議のためというよりは困惑して彼女を見上げた。

次の瞬間、母の両手が、僕の首をぎゅっと摑んだ。

最初は意味がわからなくて、ただ反射的に息を止めた。それまで母に暴力を振るわれたことはなかったので、なにが始まったのか理解できなかった。ぬるい温度の彼女の手、自分の汗ばんだ首筋。手からカードが滑り落ちた。それで、これはすぐに終わるものではない、と気づいた。

死ななかったし、そのときは痕もつかなかったから、込められたのはたいした力ではなく、せいぜい十秒程度の出来事だった、はずだ。

　でも僕にとって、その時間はそれまでに経験したなによりも永遠にちかかった。呼吸がうまくいかないのは、なぜ？　目の端に映るレースカーテン、窓の向こうではためく白いシーツ、よく知っている母親の匂い、湿った肌、すべての音が途絶えた家の中と鳴き続けるセミの声、そこにあることを知らなかった暗闇が急に現れて自分を覆う、吸い込まれる――、どこに？

　終わりも、始まりとおなじように唐突だった。

　ぱっと手が離れる。知らぬ間に膝立ちにちかい格好になっていた僕は尻餅をついて解放される。急に自分だけのものに戻ってきた身体を持て余した。母は無表情だった。こちらを見下ろしていたが、その瞳に僕が映っていたのかはよくわからない。見たことのない目をしていた。

　それから相手はぱっと立ち上がり、近所に出かけるとき用のトートバッグを肩にかけて家を出ていった。僕はなにが起こったのかまだわからないままだった。とりあえず――、とりあえず、トランプをまとめて、カードをきった。そしてソリティアをやり直した。母はわりとすぐに帰ってきて、おやつ買ってきたから食べたら、と言った。うん、と僕は返事をし、テーブルに座ってミルク味のアイスキャンディーを開けた。

家の中をさまよっていた暗闇は居場所をなくし、そそくさと元いた場所――それがどこであれ――に消えた。いつもどおり、どこにでもある、ごく普通の家庭。あれは夢だったのかな、と思い始めた二週間後、二度目があった。翌年に三度目もあったし、その後は毎年の恒例行事になった。夏休みになると、彼女は僕の首を絞めにくる。きまってうんざりするような暑い日に。

その間いつも、長い夢をみているような気分に僕はなる。

あるいはすべての夢が消え去って、ゆいいつ正しい現実に呑み込まれていくように。

「何泊だって？」父が目玉焼きに醤油をかけながら訊く。

「三泊よ」と母はコーヒーを注ぎながら答える。「水曜日に帰ってくるの」

「大変だなあ、いまどきの高校生は。三年生にもなると勉強漬けだな」

「うちなんて甘いほうよ」母は笑って僕を見る。「もっと厳しい塾なんていくらでもあるし。二年生から参加する子もたくさんいるのよ、ねえ？」

うん、と僕は頷く。僕は朝食をとっくに終えていて、身支度も済んでいる。夏期合宿の荷造りも。あと十分で家を出る、というときに、父が起きてきたのだ。日曜日の朝。真夏日になります、とテレビのニュースキャスターが言っている。海やプールが家族連れで混み合いそうですね。皆さん日焼け止めを忘れずに……。

「三十度超えるっていうのに、お前、なんだって半袖じゃないんだ」

僕は紺色のシャツを着ていた。長袖だが、袖を折っているから七分袖くらい。「暑くないのか」と眉をひそめられて、僕は首を横に振る。

「バスの中、寒いらしいし」

「バスで行くのか。どこに？」

「もう、言ったでしょう」母が呆れる。「西区の山のほうに、こういう合宿とかセミナー用のホテルがあるのよ」

「ホテル！　一人部屋か？」

「いや、二人」

一人がよかったんだけど、と続けると、ぜいたく言わないの、とすかさず母が突っ込む。四人部屋だってあるんだから、それよりはマシでしょう。

「部屋は知らないやつと？」

「さあ。学力がおなじくらいのやつと、なはず」

「圭人、そろそろ準備したら」

母の声はいつもどおりだ。「体調に気をつけるんだぞ」父が笑いながら新聞を広げる。

僕は返事して立ち上がり、トイレを済ませて手を洗った。ちいさな鏡に向き合い、一番上まで留めているシャツのボタンを外す。首筋に内出血の赤い痕が覗く。首の後ろが痛むのは、たぶん爪痕が残っているからだ。

この夏の第一回目は、一昨日の夜だった。僕はリビングのソファでテレビを観ていて、母は洗い物をしていた。暗闇が間近で息を潜めているのに、僕はたしかに気づいていた。もう九年目なのだ。水の流れる音、それが止まり、母が食器の最後の一枚を置く音。彼女はタオルで両手を拭き、こちらに来る。僕の瞳はテレビ画面に向いているが、そこからの情報はほとんど入ってこない。全身で暗闇の気配を窺っている。

「いつまでそんなの観てるの。勉強しないならさっさと寝なさい」

こちらにやってきてそう言ったときまでは、母は正気だった。だが、その手をリモコンに伸ばしてテレビの電源を切り、リビングが静かになった途端に、切り替わったようだった。

そして僕はそうなることを予感していた。

だから座ったままでいた。母の身長はとうに超えているので、そうしなければ彼女は僕の首をうまく絞められないからだ。振り返った相手の両手が僕の首に伸びてくる。僕は最後かもしれない息を吸う。目を閉じる。力の加減はそのときによってちがうが、この日は強いほうだと思った。痕が残る。爪が立てられ、首の後ろがちりちりと痛む。もうすぐ合宿なのに。
　永遠について、考える。
　この時間が、いつもあまりに長いから。
「──っ」
　解放され、僕はソファにもたれる。母は母で、少しの間喘ぐように呼吸した。それから
シャワーを浴びに風呂場に消えた。僕は自室に戻って寝た。翌朝、いつもそうするように
トイレで首の状態を確認した。なにかの染みのように広がる赤い痕は、パジャマのボタン
を閉めたままにしておけば目立たない位置にあった。
　土曜日だったが、父は家にいなかった。
　母の行為とそれが関係しているのかはわからない。首を絞められるのは彼の帰らない日
が多いが、必ずしもそうとは限らない。それに、そんな日は夏以外にもいくらでもある。
たとえばそれが浮気なり不倫なりの結果だとして、どうして母が僕の夏休みにだけそれに
耐えられなくなるのか、そして僕の首を絞めてなにが解消するのかも、わからない。こう
して日常に戻った後、僕に残る痕とどう折り合いをつけているのかも理解できない。
　なにも確かめたことはない。だれに言ったこともない。
「いってきます」
　いってらっしゃい、と玄関に立った母が笑顔になる。気をつけてね、真面目に頑張るの

よ。僕は黒いダッフルバッグを肩にかけて家を出る。——暑い。むわっとした空気に包まれて、駅まで十分ほどの距離で汗をかいた。首の後ろに少し滲みる、ような。電車で二駅先の塾まで行き、そこから高校二年生と三年生、三十人弱の参加者が専用バスに乗り込んだ。中にはすでに別の教場の生徒が座っている。おなじ高校のやつもいて、何人かが気づいて「あ」という顔をした。全員私服だから変な感じがする。女子は集団で座っており、その中には早希もいた。僕は窓際の席を選び、隣にはおなじ教場の男子が座った。

「可宮、お前なんか今日暗くない」

「そう？　バス嫌いだからな」

「三時間は辛えよなあ」相手は言う。「俺寝るから、昼飯になったら起こして」

いいよ、と僕は返す。大丈夫だよ、ホテルも教室もでかいし、向こう着いたら可宮と会う機会なんてあんまりないよ……。だれかが早希を慰めている声がする。イヤホンをつけたからそれから後はもう聞こえない。急速に引いていく汗、窓の向こうで日傘をさす人たち。雲ひとつない青空の下、寒いほどに空調の効いた巨大なバスに詰め込まれてホテルに向かう僕らは、幸福だろうか不幸だろうか。イヤホンには日本史の解説が流れている。まばたきすると、早希の制汗剤の匂いが一瞬だけ浮かんだ。

　参加者は、たしか二年生が百五十人くらい、三年生が二百人くらいだったはずだ。最初に大きなホールで開会式、その後は学年ごとに分かれて実力テストが行われた。僕はいつもどおり、社会科以外はできた。たぶん。テストが終わって初めて、自分の部屋に行く時間が与えられた。５０９号室。同室は知らないやつがいい、面倒くさくないやつがいい、と思いながらカードキーでドアを開ける。

「うわ」

　聞き覚えのある声だった。入り口側のベッドに座っているのは、学校でおなじクラスの香乃（こうの）だった。「あ、いや、可宮」向こうは弁解するように笑顔を浮かべ、「よろしく」と続ける。

「こちらこそ」

　相手を責める気にはなれない。僕だって、いまの心情を言葉にすれば「うわ」というのがちかい。

「ベッド、どっちがいいとかある？」

「ないよ」

「じゃこのままでいいか」

　うん、と頷（うなず）き、僕は窓際のベッドの上に座った。「俺、便所ちかいからさ」香乃は笑い、それから黙った。ベッドが二つ、デスクも二つ、窓からはホテルの反対側の棟が見えるだけで、景色というほどのものはない。どのみち、ここは風呂と寝るためくらいにしか使わないのだ。

「――じゃ、あとでな」

ほんの数分の沈黙に耐えられなくなったのか、香乃はつぶやいて出ていった。この合宿には神田（かんだ）や津山（つやま）も参加しているはずだから、そこらへんに合流するんだろう。元サッカー部の連中だ。三人の中から選ぶなら、香乃でよかった、と僕は思った。残りの二人よりはずいぶんマシなはず――。今年おなじクラスになったばかりだから、よく知らないけど。津山は去年もおなじクラスだった。あいつは早希に告白したことがある、らしい。去年の今頃。そして振られた。僕は秋の文化祭後から早希と付き合い始めて、その話をされた。早希はとにかくよく喋（しゃべ）る子だった。僕はどちらかといえば無口だから、付き合っている間はそれでよかったが、彼女は別れてからもずっと喋っていて、そうなると少し問題だった。僕が彼女をいかに「突然、なんの説明もなく冷たく振った」のか、いまでは学年中に知れ渡っている。女子はだいたい早希に同情していて、男子にはあまり関係ないものの、一部は僕のことを「調子に乗っている」と思っている。

ベッドに寝転ぶ。

腕時計は五時半を指していた。夕食は六時。それまでは自由時間。七時四十五分からは夜の授業があり、五十分が三コマ続く。消灯は十一時半、朝食は八時から。明日から始まる日中のクラスは学力別だが、夜の授業はセンター対策で、教室は乗ったバスごとに分けられるらしい。つまり、うちの高校の生徒はだいたいいるということだ。

薄いグレイの天井を見上げ、まだ明るい外に目を向ける。

夏休み——。

三泊四日も夏にひとりで家を離れるのは、今回が初めてだった。合宿の間は、わずかな自由時間にわざわざ中庭に出ない限り、ずっとホテルの中にいることになる。青空も、セミの声も、立っているだけで湧き出てくる汗とも無縁な空間。この合宿に申し込めと言ったのは母だった。あなたはマイペースすぎるから、最後の年くらいこういうのでみっちり勉強してみたら。気は進まなかったが、断る理由も浮かばずに申し込んだ。五月の終わりだった。夏の気配がまだ遠かった時期。

ノックの音が割り込んだ。

僕は顔をあげる。「可宮」と聞こえたちいさな声は香乃のものだった。ベッドサイドに彼の分のカードキーが置いてある。僕は立ち上がってドアを開けてやった。

「ごめん、鍵忘れた。ってかぜんぶ」

廊下には例の二人が立っていて、「お前可宮とおなじ部屋なの？　最悪じゃん」と津山が言い、神田が笑った。香乃は軽く眉をしかめたがなにも言わずに荷物をまとめた。鍵と勉強道具一式。夕食後、ここには戻らずに授業に行くつもりなんだろう。

出ていくとき、すれ違いざま香乃は「わり」と短く言った。

食堂は自分でトレーを持って並ぶカフェテリア方式だった。とはいえメニューはみんないっしょで、初日はトンカツだった。「空席作るな、詰めて座れ」長いテーブルの間に講師が立って指導している。席は自由だが、学年というよりは、騒がしさに応じてなんとなくテーブルが分かれているようだった。エアコンは効いているものの、人がぎゅうぎゅうと増えていくせいか室内は少し蒸し暑い。男子はほとんどが半袖だった。僕は食べながらも勉強している生徒の多いテーブルについてひとりで食事をした。二十分くらいで終え、授業までは部屋で日本史の暗記をする。いつもは目を通すだけで眠くなる内容が、そう退屈じゃないと思える。ここにあるのは、ぜんぶ、過去のこと。そう考えると安らかな気分になった。逆に言えば、日本史の教科書に頼らなければいけないほど、ここに来てから落ち着けていないのだ。

自分が夏から逃げ出して、そして夏に追われているような錯覚。

このホテルの中で、壁越しに夏に取り囲まれている。

窓から外を見ても、気温はわからない。虫の声も聞こえないし、少し湿ったような空気も、それに混ざった夏の匂いも届かない。ホテルの窓は開かない仕組みになっているようだった。地上を見下ろすと、中庭のベンチには人の影もある。女子のグループやカップルたち。あそこに行けば、夏を感じられるんだろうか。——感じたいのか？　お前は？

夜の授業は、数学、英語、国語の順だった。生徒の中には夕食後にシャワーを浴びた人もいたようで、教室にはかすかに石鹼の香りが漂っていた。いまが夜だという事実を縁取る匂い。いつもなら家に帰って寝支度をしている時間帯に、赤の他人といっしょにいる。

僕は前から二番目の列に座った。授業中は何事もなかった。休み時間も立ち上がらず、スマホを開くこともしなかった。……嫌な予感がしたから。三コマ目が終わり、「大浴場で風呂に入るのは結構だが、十一時半までには部屋に戻ること。特に女子！」国語の講師が言い、女子は悲鳴をあげたり文句を言ったりしながらばたばたと出ていく。

「圭人」

早希だ。筆記用具をまとめていた僕は振り返る。早希のほかに、顔見知りの女子が三人後ろに控えている。

「なに？」

「メール見た？」

「見てないよ」

既読かどうかなんて、わかっているのに。

早希は一瞬拗ねたような顔をする。

「読んどいて。返事、待ってるから」

「わかった」

断っても無視しても、どう返しても、事態は悪化するにちがいなかった。夏。すべてが滞る季節。早希はほかにもなにか言いたそうだった。髪が長いんだから、と僕は思う。早く風呂に行ったほうがいい、乾かす時間がなくなるよ。だが、口には出さずに荷物を片付けた。早希、行こうよう。お風呂混んじゃう。女友達に言われ、彼女はようやく教室を出ていった。僕は少し時間を空けてから部屋に戻る。十一時。香乃はすでに大浴場に行ったらしい。自分のベッドに座って早希からのメッセージを読む。「話す時間ある？」ない、と返したら、また身内に晒されるのだ。僕はスマホを放り出してバスルームに入る。ちいさなユニットバスなら部屋にもついているから。

一日着ていたシャツを脱ぎ、洗面台にある鏡と向き合う。

首元はまだ赤い。シミひとつない鏡の向こうにも、夏が潜んでいる気がする。目を閉じて、それから服を脱いだ。シャワーを浴びると、首の後ろはまだ痛んだ。備え付けの石鹸は髪も顔も身体もぜんぶ洗えるという代物だった。なんだっていい。ほんの五分くらいでバスタブを出、タオルで身体を拭く。ドアを締め切ったバスルームはサウナのように蒸している。曇った鏡と不快感。洗面台の上に「入浴の際はドアを開け、換気をなさるようお願い致します」と書かれているのをいまさら見つけた。頭からタオルをかぶり、トイレの蓋の上に置いた着替えに手を伸ばす。

部屋のドアの開く音がしたのはそのときだった。

香乃が帰ってきた――、だけであればよかったが、足音はそれより多かった。

「お前の部屋、あっつ」

神田だ。「可宮、ここで入ってるんだ」香乃が気づき、津山がそれになにかを返して、忍び笑いが起こった。

すぐそこから。

僕はドアノブを凝視する。

まだ上半身はなにも着ていなかった。トイレの蓋の上にあるシャツに視線を向け、着る時間はない、と判断する。時間？　なんの？　ドアノブががちゃがちゃ音を立てる。開くことはない。鍵がかかっているから。でも、十円玉でもあれば開くような単純な鍵だ。

やめとけよ、と香乃が言う。津山の笑い声がかぶさる。

かち、と目の前で鍵が回る。

僕はタオルを頭からかぶったまま、咄嗟にドアを中から押さえた。

——暑い。

このバスルームの中は、夏のように暑い。

首筋を垂れるのが水滴なのか汗なのか判然としなかった。どん、どん、とドアを叩く音。笑い声。笑い声。ざらざらと、うるさくて、しつこい。窓の向こうにあったはずのものが押し寄せてくる。「可宮が中から押さえてんだって」神田がげらげら笑う。もっとちゃんと押せよ、お前、馬鹿力なんだから。あいつ細いし勝てるだろ——。

ドアが撓んだ。

勢いよく開いたドアに撥ね飛ばされ、洗面台にぶつかった。床にタオルが落ちる。僕は両手で首元を押さえた。ただ赤い痕を隠しただけだったが、半裸を恥じるような格好に見える、と遅れて気づいた。神田が爆笑し、津山が「ってか、パジャマって、ださっ」とでかい声をあげる。写真、写真撮れ。

「やめろって！」

津山が取り出したスマホを叩き落としたのは香乃だった。ドアの陰にいた香乃がこっちを覗き込み、すぐに津山と神田を睨んだ。

「なにしに来てんだよお前らは。もうすぐ見回りだってあるんだぞ」そう言いながら神田に白いケーブルを押し付ける。充電器だ。「ほら、これ返すから。さっさと部屋戻れ」

津山はまだ腹を抱えて笑っていた。神田がスマホを拾いながら「なんだよ、真面目か」

と不満を漏らす。だが香乃に押し出されるようにして、とにかく二人は視界から消えた。開けっ放しのドアの向こうには部屋のクローゼットの扉が見える。そこに嵌め込まれた全身鏡。映っている蒼い顔をした自分。

「可宮」

香乃が戻ってくる。僕はまだ首を押さえていた。「……ドア」短く言うと、香乃は閉めてくれた。僕はタオルを拾い上げてドアにかけ、パジャマの上を着る。仕方ない。Tシャツにジャージでは、なかなか首元が隠れないのだ。ボタンを留める指先が震えているのが、自分でも意味がわからなかった。なにがそんなに怖かったのか。バレるのが？　備え付けのドライヤーで髪を乾かす。最低限の水滴だけ飛ばすと、暑くてあとはやめた。深呼吸してからドアを開ける。

エアコンで冷えた空気と、バスルームの湿気が一瞬にして混ざる。

部屋は薄暗かった。ついているのはベッドサイドの照明だけだ。香乃はベッドの端に腰掛けていた。気遣わしげな目を向けられる。

「悪い」

「別に」

「ケガとかは？」

「してない。大げさだな」

僕はちいさく笑い、自分の荷物から歯ブラシを取り出す。夜だからか、互いに寝間着だからか、夕食前に会ったときに比べれば距離をちかく感じた。ほとんど話したこともないクラスメイト。これから三泊四日おなじ部屋で過ごす相手。

「大丈夫だって。お前は別になにもやってないだろ」

香乃がじっと動かないので、僕は言った。いやまあ、でも。香乃は言い淀む。僕は放っておいて歯を磨く。鏡の中の自分とまた向き合う。まったくホテルというのは鏡を避けられない空間だ。旅行用サイズの歯磨き粉はいつも使っているやつと味がちがって、それがまた奇妙な感覚のズレを引き起こした。――自分はいま、どこにいて、なにをしてるんだろう。

口をゆすいでバスルームを出ると、香乃が自分の歯ブラシを持って立ち上がった。僕はベッドに潜り込み、自分の側の照明を消した。もう片方のベッドに背を向ける体勢で。香乃は最後にうがいしてから戻ってきて、しばらくごそごそ動いてから、「……おやすみ」と言って照明を消した。

こんなふうに他人のいる部屋で眠るのは、修学旅行以来だ。あれは秋だった。だから平気だった。

背中越しに、香乃が何度か寝返りを打っているのを感じる。やがて眠ったことも。僕はときどき眠った、かもしれない。ずっとカーテンを眺めていただけな気もする。クリーム色の厚いカーテン、窓の向こうにある夏の夜。自分からは見知らぬ石鹸の香りがする。夜明け頃、まだ香乃が眠っている間に着替えた。そして朝食の時間まで、デスクの前で日本史の参考書を読んだ。

「可宮?」

アラームを鳴らすスマホに手を伸ばしながら、香乃がくぐもった声を出す。僕はキリのいいところまで数行読み進めてから振り返った。

「——おはよう」

「お前、寝たの?」

「なんで?」

香乃はやっとアラームを消した。寝ぼけた様子で室内をぐるりと見まわし、最後にまたこっちを見た。

「いや、なんとなく。顔色が……」

僕は教科書に視線を戻す。すべすべの紙に印刷された戦争の歴史。眠ったのか眠っていないのか、自分でもわからない。ただ、指先がひどく冷たい。

「大丈夫だよ」

そう言って立ち上がる。顔を洗うとき、その日初めて自分を見た。笑ってしまうくらいはっきりと目の下に隈(くま)が浮かんでいた。気づかないふりをして、香乃よりも先に部屋を出た。

　早希が近づいてきたのは昼食時だった。そのときまで僕はメールのことなんかすっかり忘れていた。「圭人っ」そう呼んだ声は怒っていたが、僕の顔を見ると一瞬怯んだようだった。

「なに？　その顔。寝てないの？」

「あんまり」

「津山たちのせい？」

　僕は箸を置いた。「知らないけど、あいつら、笑ってたから。昨日の夜、なんかあったんでしょ？」早希は言い訳するみたいに続ける。

「慣れない場所だと、寝つきが悪いだけ。メールのこと？」

うん、と彼女は頷く。僕は腕時計に視線を落とす。一時半。午後の授業は二時からだ。

僕はトレーを持って立ち上がった。早希がついてくる。返却台に戻して食堂を出、廊下を歩いた。もちろん男女は階ごとに分かれていて、互いの部屋どころか階に踏み込むのも禁止されている。自習スペースは私語厳禁。僕らに行き場所はほとんどない。

　中か、外か。

「どっちがいい？」

　僕はつぶやいた。

「え？」

「ロビーか中庭」

　早希は少し考えてロビーを選んだ。

　隣を歩く彼女を見下ろす。長い髪はひとつに結ばれ、Tシャツにスカートを穿いている。ふくらはぎ、靴下、スニーカー。ほんの数週間前まで、そのぜんぶになんの躊躇いもなく触れることができたというのが信じられない。

　首にはネックレス。

　さくらんぼのチャーム。

「私のこと嫌いになったの？」

　ロビーに着く前、エレベーターを待つ間に早希は言った。泣く直前、みたいな声で。僕は立ち止まる。

「……そういうのじゃないって、前も言った」

「でも、ちゃんとした理由も言ってくれなかったじゃん！　告白してきたの主人だよ、それであんなふうにいきなり振るってひどくない？　意味わかんないし」

「告白って」

僕は一瞬だけ笑う。早希の目つきが豹変して、それが間違いだったと気づく。だって、あんなのを、告白なんて。文化祭の実行委員でいっしょになってから、早希はずっと隣にいた。休み時間も放課後も、別に委員会の仕事がないときも。好きな人の有無とか好きな子のタイプとか、恋愛関係の質問を山ほどしてきて、いちいち照れた。ねえ可宮くん、もうすぐ修学旅行だね。その後はクリスマスだよ。恋人たちの季節だよ。なにか予定があるの？　いっしょにどっか行く？

可愛いと思った。そのときは。

だから、求められているとおりに告白した。パズルの最後のピースを埋めるみたいに。夏はまだ遠くて、僕の指先が冷たいときは、早希の指先も冷たかった。手を繋ぐのも不快ではなかった。熟れた桃のような、彼女のハンドクリームの香り。乾いた空気の中でキスをした。

「怒るなよ」

やっとエレベーターが来たものの、早希がこっちを睨んだまま動かないので、無人のエレベーターのドアはやがて閉まった。内側にあった鏡に映った僕らの姿が消える。閉まるのと同時に、チン、と音が鳴る。

「今年は受験本番だし、最近伸び悩んでるから、ちゃんとしようと思っただけだよ」

「なにそれ？　圭人成績いいでしょ。勉強ならいっしょにできるし、私も東京の大学目指すんだし」

「早希に教えてる時間がもったいない」

相手の顔が赤くなり、その瞳が潤んだ。「ひどくない？」と早希は言う。

「……ほかに好きな人もいない。受験が終わるまでだれとも付き合わない。こういうのが面倒だから別れたんだ」

早希の頰に涙が流れるたびに自分が冷めていく。いまは、夏だから。もっと冷たく、暗く、乾かないと、この季節に呑み込まれてしまう。

「なんでそんなにいきなり変わっちゃったの？　あんなに優しかったのに」

泣きながら俯いて、早希は弱々しい声を出した。「そう？」僕は訊き返し、エレベーターのボタンを押した。下向きの矢印。「私が、朋子とかにいろいろ喋ったから怒ってるの？」早希が顔をあげる。

「なんにも怒ってないよ」

エレベーターが到着する。僕は早希を見下ろす。瞳、鼻筋、唇、それから首元に視線を落とす。最後に触れたときの感触を覚えている。手のひらが、しっとりとした。七月のはじめ。夏が来ると唐突に気づいて、肌が粟立った。毎年、あの瞬間まで、僕はあの感覚を忘れている。

「突然だったのはごめん。じゃあね、早希」

僕はひとりでエレベーターに乗った。早希はじっとこっちを見ていた。「閉」を押すとまた、滑るようにドアが閉まり、チン、という音が鳴る。一階で降りて、ガラスの扉の前で少しだけ躊躇ってから中庭に出た。異世界に足を踏み入れたときのような気温の差。それでも外に出ているやつはほかにもいた。男子数人がふざけ合っている。女子がベンチに座ってアイスを食べている。売店で買ったんだろう。

空はいつかのトランプのように青く、筆で撫(な)でたような薄い雲がかかっている。だが飛行機は見当たらない。じぃーっ、じぃーっ、と喚(わめ)くセミ。蒸し蒸しとした空気に昨日のバスルームを想起した。目を閉じる。瞼(まぶた)の裏側。光は消えず、ちかちかとする。右手の指先で額に触れた。汗ばんだ肌。喉仏(のどぼとけ)まで移動し、それから半周して、首の後ろをなぞる。ちいさな引っ掻き傷のあるところ。

午後の授業は淡々と過ぎた。英語の講師が顔見知りの先生で、寝不足なんじゃないか、と心配された。大丈夫です、今夜はきっと眠れます。僕は根拠のないことを言う。体調管理も受験生の仕事だからな。でも可宮、この訳文はよくできてるぞ。

「ありがとうございます」

夕食には行かなかった。売店で買ったアンパンを部屋で食べる。半分だけ。眠い気がして横になったが、寝ることはどうしてもできなかった。もう一度中庭に出ようと階下に行くと、ドアは六時で施錠されていた。

夜の授業が終わると、僕はすぐに教室を出た。まっすぐ部屋に帰り、靴を脱いでスリッパに履き替える。香乃が戻ってきて大浴場に行ったらバスルームを使うつもりだった。だが、帰ってきた香乃はやや乱暴に荷物をデスクに置くと、「今日は俺もここで入る」とつぶやいた。

「……なんで？」

「あいつらが面倒だから」

目が合う。香乃は不機嫌そうに続けた。

「お前、島崎と神田が付き合ってるって知ってる？」

「知らない」

「お前が久保にひどいことすると、それがぜんぶ島崎に伝わって、そっから神田にいって、最後に津山の耳に入るわけ」

「へえ」

島崎朋子は、早希のグループのひとりだ。だが、別に島崎以外にも好き勝手噂しているやつはいる。早希の周りは本人も含めて、お喋りな女子ばかりなのだ。

「だからさあ」こちらの反応の薄さに、香乃はもどかしそうに息を吐いた。「高三にもなってさ、勉強合宿で、付き合ってるやつとケンカしなくてもよくない？」

「だれの話？」

「お前だろ」

「覚えがない」

「久保が泣かされたって」

「僕はもう久保とは別れてるよ」

「でも、なんかごちゃごちゃしてるだろ」

「向こうがね。別れた理由に納得がいかないんだって」

「理由って？」

「なに」僕は薄く笑う。「ここで話しても、最終的に津山の耳に入るの？」

香乃はむっとした表情になった。数秒黙り込むと、着替えを持ってバスルームに消える。

僕は目を閉じて仰向けになった。がこっ、とシャワーをフックから外す音、水音。少しずつ、バスルームから湿った空気が漏れてくる。あの石鹸の匂い。今日こそ眠らなくてはいけない。寝不足だと、あらゆることに対して乱暴になってしまう。早希が泣いても、香乃が苛立っても、どうでもいいと思ってしまう。

深呼吸して、右手を自分の首にかける。親指と人差し指の間の谷を喉仏に押し付ける。

――暗闇。暗闇を。圧迫感。親指の腹で、どく、どく、というリズムを感じる。

バスルームのドアが開いた。

僕は手を離して顔をあげたが、香乃は出てこなかった。換気のために開けただけなんだろう。黄色っぽい光が部屋の中を照らす。その光が届かないところが急に暗くなったように見える。

「昨日、よくこんなの締め切ったまま入ったな」

バスルームから出てきた香乃は半裸で、首にナイキのタオルをかけていた。髪は濡れたままだ。僕は「開けられたけどな」とつぶやく。相手はベッドに座って眉を寄せる。

「可宮、お前さっきから性格悪ぃぞ」

そのとおりだ。僕は上半身を起こす。目が合うと、香乃はやや顎をひいた。相手のほうが背が高いので、それでも見下ろされることに変わりはない。

「お願いがあんだけど」

「なに」

「充電器貸してくんない？」

僕はベッドサイドにあったのを放った。「さんきゅ」香乃がほっとした顔になる。やつは足元のコンセントに差し込んでケーブルを繋いだ。顔をあげて、ゆっくりと言う。

「津山に言おうと思って訊いたんじゃない」

「ああ」

「っていうか、別に知りたいわけでもなくて。合宿にまで来て恋愛の話してる女子とか、その女子のことしか考えてない津山が馬鹿みたいで。どうにかしろよって思っただけ」

「早希は振られたのが気に入らないだけなんだよ。津山のことは、僕にはどうしようもない。もともと合わないし」

「……ついでに言っとくと。昨日も、お前と同室なのが嫌だったわけじゃなくて。逆に、ちょっと嬉しかったんだよ。変な意味じゃなくて、ほら、だいたい学力が同レベルのやつとなるって言われてるだろ。去年までだったら絶対無理だったから。でも、久保とお前と津山のことが面倒くさくて、しかも神田とか、勉強したら裏切り者とか言うからさ。可宮とおなじくらいの成績だってバレたら——、いや俺のほうが下だと思うけど——」

香乃はそこまで言って、両手に顔を埋めて呻いた。僕は少しだけ笑う。

「高三にもなって勉強するのがダサいとか、そっちのほうが終わってる」

相手は指の間からこっちを見て頷いた。

「そう思う」

「もう部活も引退したんだろ。馬鹿は放っておけばいい」

「辛辣だな」

香乃はそうつぶやき、一瞬だけ笑った。真面目な顔に戻って続ける。

「あいつらの家は金持ちだから、東京の私大ならどこでもいいんだ。でも俺の親はMARCH以上じゃなきゃ出してくれない。ひとり暮らししたいなら、ちゃんとやんなきゃヤバいんだって」

「——」

魚の小骨を察知するみたいに、香乃の言葉のなにかに、自分が反応したのがわかった。でも、それが具体的になんなのかはわからなかった。僕は着替えを持って立ち上がる。

「可宮」バスルームに入る前に呼び止められた。

「英語の長文読解のプリント貸して？」

カバンから出して渡してやった。「開けて入れよ、覗かないから」デスク前に座りながら香乃は笑った。僕はバスルームに入り、数秒迷った後、締め切ることはせず、かといって全開にもせず、十五センチほどドアを開けっ放しにしてシャワーを浴びた。

そのちいさな部屋のベッドに座って、僕は窓から外を見ていた。庭がある。音はないのに夏だとわかる。自分の服装と、レースカーテンの隙間から射し込む強引な光のせい。エアコンはなく、古びた扇風機は動いていない。僕が電源を切ったのだ。トランプのカードが飛ばされないように。

床には青空と飛行機が散らばっている。

でも、そこにクローバーのエースがないことを僕は知っている。いつか失くしてしまったのだ。それ以来このトランプで遊ばなくなった。手を伸ばすとカードの表面はすべすべしていたが、陽が当たっているので少し熱を持っている。僕はその上に膝をつき、両手で自分の首を摑んだ。力を入れようとするがうまくいかない。——音のない、明るい部屋。暗闇が足りない。あるとすればベッドの下、と思いついたが、絶対に見てはいけないという気もした。なぜならそこには恐ろしいものがある。振り返ってはいけない。窓を、窓を、窓のほうだけを——、

見て。

「可宮！」

「——っ」

目を開けてびくりとした。自分を覗き込んでいるだれか。なんで、だっけ。ひとり暮らしをしているのなら、他人はここにいないはず。

ひとり暮らし？

そうじゃなくて——。

「大丈夫か？　なんか呼吸がおかしくなってたぞ」

僕は自分の顔を手で覆った。指の先がひどく冷たい。呼吸はたしかに速く、額に汗をかいていた。

「だいじょうぶ」

「お前、どっか悪いの？」

ベッドとベッドの間に立っている香乃を見上げる。adidasと書かれたグリーンのTシャツ、寝癖のついた黒い髪、首、腕、僕を起こしたときに一瞬だけこちらの肩に触れた右手。

「香乃、お願いが――」

「うん？」

――首を絞めてくれないか。

自分がそう言いかけたことに気づいて、僕は驚愕した。ぱっと身体を起こす。香乃がびくりとする。香乃のベッドサイドの照明だけがついている。デジタル時計は一時二十一分を示している。ベッドに入ってからまだ二時間も経っていない。

「可宮？」

「なんでもない」

裸足（はだし）のまま立ち上がり、デスクの上に置いていたペットボトルの水を飲んだ。突っ立ったままの香乃と、三メートルほどの距離をあけて向き合う。半袖から覗く相手の腕に視線がいく。橙色の照明が香乃のベッドの枕元を照らしている。ベッドの下、は、見えない。

「体調？　それとも嫌な夢とか？」

「平気」

「ぜんぜんそう見えない」

「起こして悪い」

「だから」

香乃はため息をついて自分のベッドに座った。僕も自分のベッドに戻った。布団の中に潜り込む。自分の体温が身体を包む。香乃の視線から逃げるようにして、僕は彼側の照明を勝手に消した。

「おやすみ」

そう言ってまた窓を向く。だが、香乃はたぶん座ったままだった。ベッドの軋む音が聞こえない。お互いに起きていることを知っていて、我慢比べをしているようだった。沈黙の部屋。僕は目を閉じる。そこに救いがないことはもう知っている。

「可宮」

囁くように名前を呼ばれた。

「お願いいって、なに？」

すべての暗闇は誘惑を知っている。

「このままじゃ気になって眠れない――」

「首を」半ば遮(さえぎ)るように僕は口を開いた。「首を絞めてほしい」

「お前の？」

「そう。それでたぶん眠れる」

「……気絶させろってこと？」

「そうじゃない」

かち、と音。香乃はまた照明をつけた。そして光量をちいさく、ちいさくした。僕の呼吸はさっきとちがう理由で乱れた。寝返りを打つ。香乃はベッドに座り、こちらをじっと見つめた。引いているようには見えず、軽蔑の色も見当たらなかったことに安堵した。ただ、僕が本気で言っているのかどうか、確かめようとする顔。

それから一瞬目を逸(そ)らし、眉を寄せた。

「――なんでかわかんないけど」

そうつぶやいて立ち上がる。彼の黒い影が部屋の壁を蠢(うごめ)く。僕は仰向けに寝転がり、両腕で身体を支えて肩から上だけを持ち上げた。香乃は僕の左側、ベッドの端に左膝を乗せ、右足は床に着いたままで、両手をこちらの首に伸ばした。そしてぎりぎりで止めた、いつでもやめられるように。僕がなにも言わないとわかると、躊躇いがちに、そのまま摑んだ。

いつもそうしているから、僕は目を閉じる。

最初はほとんど力が入っておらず、ただ摑まれただけだった。母の手がちいさいのか、香乃の手がでかいのか、感触はまったくちがった。ぜんぶ、奪われる。子どもの頃みたいに。僕はけしかけるように相手の右腕を摑み、自分に押し付けた。それに呼応して少しずつ力が込められる。ぎゅうっと。僕はされるがままになる。ベッドに香乃の重みが加わって、マットレスがぎぃっと音を立てる。

こんなふうにして、永遠に過ごせる、と思う。

繰り返すだけの遊び。

カードの表裏、青空の反対側。

「——っ」

最初は喉仏あたりにあった香乃の両手は、最後にはじりじりと顎ちかくに移動して、離れた。僕の頭は枕に落っこちる。合宿に来て、初めてちゃんと呼吸ができた気がした。薄く目を開けると、香乃がゆっくりとベッドをおりるのを感じた。彼はそのままこっちを見下ろした——、気がしたが、僕は眠くて仕方がなかったので目を閉じた。

翌日はアラームの音で起きた。僕のではなく、香乃のスマホだ。七時半。香乃が呻きながらアラームを消す。僕は立ち上がって水を飲み、身体を丸めて動かない香乃を数秒見つめた。そのまま二度寝したら起こそうと思ったが、香乃は思い出したように上半身を起こし、僕を見た。

「おはよう」僕は言う。

相手は部屋を見回し、自分の手元とスマホを見下ろし、またこっちを見た。それから勢いよくベッドをおりた。僕は後ずさってデスクに身体をぶつける。香乃はボタンが取れるのではないかと心配になるほどの勢いでこちらの襟元を引っ張り、狼狽えた。

「赤くなってる」

僕はその手を払い、クローゼットの鏡の前に立った。隈はほぼ消えており、頭がすっきりしたと自分でも思った。赤い痕は昨日よりも範囲が狭くなっている。真後ろに立った香乃と鏡越しに目が合った。

「お前じゃない。これは元々あったんだ」

「……どういうこと？」

僕は振り返る。

「おかげでよく眠れた。ありがとう」

「……うん」と頷き、香乃はバスルームに消えた。僕はその間に着替えてベッドを整えた。

分厚いカーテンを開けると、夏の光が部屋に射し込む。香乃が歯を磨きながらバスルームから出てくる。

「その首の、一昨日もあったってことか?」

歯ブラシをくわえたままの香乃の声はこもっていた。「そう」僕は頷く。ふうん、と香乃は俯いて、またバスルームに引っ込んだ。うがいの音。出てきた相手はまだなにかを考えているふうだったが、僕は特になにも言わず入れ替わりで洗面台を使う。身支度を整え、香乃を置いて部屋を出た。


午前中は英語と日本史、化学の授業があった。香乃とは二クラスでいっしょだったが、特に話すことはなかった。だが、ときどき視線は感じた。振り返らなくてもその姿が浮かぶ気がした。奥二重の瞳で、顎を引いて少し下から覗くような角度で、じっとこちらを窺う様子が。

昼食後、中庭のベンチに座って目を閉じていたら、前にだれかが立つ気配がした。目を開ける。

「可宮」

　僕は、なに、と返した。セミが木を離れるときの、じじっ、という音がどこかでした。

　香乃がゆっくり隣に座る。

「お前のそれ、久保にやられたの？」

ちいさな声で香乃は言った。予想していなかったので僕は少し驚いた。目が合う。

「いや」

「じゃあ、だれ」

　僕はまた目を閉じる。空を向くと、首筋に汗が伝った。

「夏」

　数秒して目を開けると、香乃はちらりと空を見上げて顔をしかめた。

「今日猛暑日とかなのに。こんなところで暑くないのか？」

「暑いね」

「お前、昨日よりは顔色いいけど」

「うん」

「でもやっぱ、どっかおかしいぞ」

「そう？」

　相手はため息をつく。

「晩飯の前か後、部屋で数学教えて」

「後」

香乃は片手に持っていたスポーツドリンクをぐいっと飲むと、「熱中症で倒れるなよ」と言って立ち去った。僕はその後ろ姿を見送る。昨夜の手の感触を思い出す。

本当は、あんなにエアコンの効いた部屋よりも、ここのほうがふさわしい。

授業開始十分前くらいに、僕も立ち上がった。屋内に戻る前に振り返って中庭を眺めたが、人目につかない場所はどこにもなさそうだった。


夕食はひとりで食べた。香乃のテーブルには、津山と神田、島崎と早希がみんな揃っていたが、香乃は僕が部屋に戻って五分後くらいにはやってきた。夜の授業までは三十分ほど時間がある。

僕は自分のベッド前にあるデスクのイスに座っていた。香乃は反対側に座り、筆記用具と数学のプリントを出した。

「……久保があれからどうなったとか興味ある？」

「いや、あんまり」

香乃は一度は黙ったが、右手でシャーペンをくるりと回すとすぐに放り出し、息をついた。

「気になって集中できない。久保にやられたんじゃないんだな。あいつが泣いたのも関係なし？」

「ない」

「別の女子にやられたとか？　嫉妬とかで」

「そういうややこしい話じゃない」

「じゃあだれだよ？」

「香乃」僕は言う。「昨日は助かった。本当に。でもお前の知らない相手だし、それ以上は関係ない。数学は？」

「心配になるだろ、普通」

僕は香乃をじっと見た。まず顔を、次に首、最後に手。そしてまた顔に視線を戻す。相手がたじろぐ。

「頼まれたって、昨日みたいなことはもうやりたくないだろ。ならこれ以上は話さないほうがいい」

僕はデスクの照明を消す。夜の授業の荷物をまとめてカバンに入れる。

「教室行ってる。習いたかったらあそこでもいいだろ。神田とかに見られたくないなら困るだろうけど」

香乃はこっちを睨んだがなにも言わなかった。僕は部屋を出る。教室に行く前に中庭を見に行った。すでに施錠されているドア越しに、無人のベンチを眺める。耳を澄ませるとかすかに虫の声がした。なつのくらやみ。太陽がいつまでも明るすぎて、行き場をなくしたものたち。

教室では一番前に座った。香乃は反対側の前方にひとりで座っていた。授業が終わって帰るとき、津山と隣同士で座っていた早希と目が合った。彼女の確かめるような瞳、津山の得意そうな顔。合宿が終わったら、早希は津山と夏祭りに行くんだろうか。海やプールや、話題のアイスクリーム屋なんかに。溢れんばかりの光を浴び、きらきらする世界。

エレベーターを待っていたら、香乃が隣に並んだ。

僕らはいっしょにそのちいさな密室に乗り込む。

言葉は交わさず。

ドアが閉まる瞬間、チン、と音が鳴る。なにかの合図。

早希のことはもうどうでもよかった。だが、香乃がこのままこっちに来るとしたら悪いな、と思った。

香乃が先にシャワーを浴びた。開けたままのドアから蒸気が漏れてきて、すっかり慣れた石鹼の香りがした。僕は自分のベッドに寝転んでそれを眺める。香乃はタオルで頭を拭きながら出てきた。僕はすれ違うようにしてバスルームに入り、ドアを締め切る。服を脱いでシャワーを浴びる。俯いて、熱い湯が排水溝に流れていくのを眺めた。首の後ろに湯を当ててももう痛みはない。

は、と息を吐いてシャワーを止める。

鏡は真っ白に曇っている。僕はそれを見つめたままパジャマを着た。バスルームを出て後ろ手にすぐドアを閉める。一番上のボタンは留めていない。だが部屋は暗くて、クローゼットの鏡に映る自分はほとんど影のようだった。

——この暗闇を連れているのは。

母ではなくて、僕のほうだったのかもしれない、ずっと。

香乃はTシャツを着て、ベッドサイドの照明の下で英単語の復習をしていた。ちらりと顔をあげると単語帳を閉じる。

「——もう一回やったら、教えてくれんの」

自分でもまだ戸惑っているような声だった。僕はタオルをイスの背もたれにかけた。

「なあ、可宮」焦(じれ)ったそうに相手が呼ぶ。

「バスルームの中がいい」

「なんで？」

「暑いから」

　こんなのはおかしいと自分でも思った。香乃もそう思ったにちがいなかった。訝しげに眉を寄せ、でも相手は、立ち上がってしまった。ゆらゆらと、ふたり。僕が先にバスルームに入り、香乃が続いてドアを閉めた。それでなにかが完成した。僕が振り返るのと同時に、香乃の両手がこちらの首を掴む。がたっという音。バスルームの中によく響く。狭い。密室。手には昨日とちがって最初から力が込もっていた。目を閉じる。壁に背を押し付けられる。自分の身体が遠くなっていく感覚。生きている、と思い出す。まだ続く。まだ続く。まだ続く――……。

　なにもかも一瞬で終わり、すべては永遠に続く。

　そしていまここにあるものだけがゆいいつの現実になる。

　香乃の手が離れて、僕は床に両膝をつく。

　咳が出る。額が目の前に立っている香乃の脚にぶつかりそうになる。左手で喉元を押さえると、手も首も、いつもの何倍も熱を持っているように感じた。香乃の裸足の足、右足の親指の爪が割れているのが目に入る。

「お前、気づいてんの？」

　香乃が言う。僕は見上げる。香乃は自分の両手を見下ろしてから、こっちに視線を移した。憐(あわ)れむような無表情。

「――なんかすごく、安心したみたいな顔になんの」

　手を借りて立ち上がる。鏡はまだ曇っていて、自分の表情はわからない。ドアを開けて部屋に戻るとやけに寒く感じた。香乃もおなじだったのか、エアコンの設定温度をすぐにあげた。

「たぶん、どっかではずっと知ってたよ」

　僕はそうつぶやいて、ペットボトルの水を飲んだ。香乃は自分のベッドに座り、ああ、と絶望的なため息を漏らした。


「久保は知ってる？」

「知らない」

「だれか知ってる？」

「だれも知らない」

「でも、少なくとも、やったやつは知ってるだろ」

「――どうだろ」僕は母の顔を思い出す。「記憶があるのかどうか」

ベッドサイドの照明を挟んで、香乃はじっとこっちを見た。教える、と約束した後でも。たとえいまの僕が、香乃にだれにも感じたことのない慕わしさ——、というのか、共犯意識とでもいうのか——、を覚えていたとしても、それを告げるのには時間がいった。

「——母親がやる。子どもの頃から」

「……、つまり、虐待、みたいな？」

僕は首を横に振った。そうじゃないという意味でも、わからないという意味でもあった。僕の母は暴力的な人ではない。殴られたり蹴られたりしたことはない。テレビで児童虐待のニュースなんかが流れれば、両親は揃ってかわいそうだと顔をしかめる。主人、弱い者に手をあげるなんて最低よ。覚えておきなさい。

「三百六十五日中、三百六十日くらいは、なにもない。もっとかな」

「怒るとやんの？」

「わからない」

「なんか言われないの？　終わった後に」

「なにも。初めてのときは、母はひとりで買い物に行った。アイスを買ってきてくれて、それを食べた」

香乃は、信じられない、という顔をする。

「なんで訊かないの？　なんでこんなことするんだって」

「──なんとなく。訊いちゃいけないのかと思って」

「ガキの頃はともかく、いまじゃお前のほうがでかいし強いだろ。抵抗しないの？」

僕はまた首を横に振る。

「夏休みの間だけなんだ。本当に、一年に数回、数分の出来事。それで終わる。いまさらなんか別のこととして、もっとひどいことになるよりは」

その先は続けようがなくて、僕は唐突に台詞を切った。香乃は黙り込んだ。彼は壁にもたれかかり、首をかしげて口を開く。

「──で、いまのお前は、なんなの」

僕はちいさく笑った。

「わからない。夏休みにひとりで家を離れたのは、初めてで。家にいるときにこんなふうになったことはない。でも合宿が始まって、津山たちがここに来て──。いや、一昨日のあれだけが理由じゃないな、たぶん。ぜんぶがだめなんだ。ぜんぶ──」

高校最後の夏休み。夏期合宿。見知らぬ土地。エアコンのよく効いた部屋。みんなでおなじ方向を向いて勉強をする。早希は泣く。夜は眠れない。停滞する成績。迫り来る受験。どこにも行けない。でも、いつの間にか時間は進んでいる。

「昨日、お前に起こされたとき、夢をみてた」

「……どんな？」

「ただ、部屋にひとりでいるだけ。季節は夏で……。なにかが自分を襲おうとしている、って予感はずっとあるんだ。夏の間はずっと。それがどっかに潜んでいるより、すぐ傍にあるってわかってるほうが落ち着く。そういう感覚に、ここに来るまで気づいてなかったんだ。……お前がひとり暮らしって言ったから、気づいた。家を出たら、それもなくなるって」

「実家出て、襲われなくなる夢で、お前あんなに魘されてたの？」

僕は香乃を見る。否定も肯定もできなかった。自分でもわからないからだ。すべてが順調にいって、来年の夏。これから一年後。僕らはどこに行くんだろう。そこで待っているものはなんだろう。

香乃は髪をぐしゃりとかきあげて俯いた。

「今日は寝られそう？」

「うん」

照明が消される。僕は布団に潜り、闇の中に飛び込むようにして目を閉じる。

隣で香乃がおなじことをしている気配を感じた。

四日目は平和だった。最後の日。アラームの音で起き、順番にバスルームを使った。もうずっとそうやって暮らしてきたみたいに。消えかけていた僕の首の赤い痕は、更新されてまた濃くなった。香乃はそれに手を伸ばしかけ、でも、触れることなく引っ込めた。

朝食は別々。いままでどおり。変わったのは、津山たちが男女二人ずつのグループになり、香乃がひとりになったことだった。最初からそうだったように、互いが互いに無関心になった。僕と早希も似たようなもので、僕らはみんな、付き合ったり別れたり馬鹿にしたり笑い合ったりおなじグループでいっしょに過ごしたり、そういうのをいきなり過去に放り投げ、元には戻らないことを無言のうちに同意した。

午前中は、数学と英語の授業が一コマずつ。三コマ目はなく、閉会式と自由参加のビンゴ大会が開かれる。僕は自習スペースで勉強をした。香乃の姿も見かけたが、話すことは特になかった。弁当の昼食を済ませ、ホテルの正面玄関からバスに乗り込む。並んだときに、三日ぶりに夏を感じた。中庭ではなく、どこまでも続いている世界の、夏の空気。

偶然か必然か、隣の席は香乃になった。

僕が先に降りるから、相手が窓際で、僕は通路側だった。イヤホンを耳に差し込んで、日本史の解説を聞く。――そして、いつの間にか眠っていた。

「可宮」

名前を呼ばれて目を開けたときには、自分がどこにいるのかわからなかった。左耳のイヤホンが抜かれ、バスは失速している。空調が効きすぎていて一度震えた。僕は香乃を見上げ、座り直して、荷物をまとめる。香乃はそれをじっと眺めた。僕らの教場前でバスが停車する。

「俺も東京行くよ」

僕が立ち上がる前に、香乃がつぶやいた。

振り返る。俯き加減にしていた香乃が、ちらりと顔をあげる。右手にペットボトルのお茶を握っている。その指の感触を、僕は思い出す。頼めばなにもかも奪ってくれるようなごつごつした手。

「うん」

僕はちいさく笑って、バスを降りた。

通い慣れた塾、見慣れた街並み。「あっつ」生徒たちが一斉に文句を言う。今日は真夏日だったか猛暑日だったか。僕はシャツの袖をめくりながら発進するバスを振り返る。窓際に座っていた香乃と一瞬だけ目が合ったが、バスはあっという間に走り去った。見上げた青い空には、飛行機雲が浮かんでいた。

昆虫標本

おばあちゃんの部屋に入った私は、茶卓を見下ろして悲鳴をあげた。虫！　でかい！　生きてるんじゃなくて、ジップロックみたいなビニール袋の中、透明な液体といっしょに黒い虫が入っている。こんな意味不明なこと、おばあちゃんはやらない。

「拓哉（たくや）！　なにこれ！」

廊下から顔を出した弟は、うるさそうに「自由研究」とつぶやいた。

「本物の虫なの？」

「クワガタくらい知ってるだろ。標本にするんだよ」

「気持ち悪いでしょ。なんでここに置くの？」

「俺たちの部屋に置いたほうがよかった？」

「――……、あれ、あの水色の、取って」

クワガタの死体袋の横に、私の求めるファイルが置いてある。弟は呆（あき）れたように手を伸ばし、無言で私に手渡すとさっさとリビングに消えた。可愛（かわい）くない。中学二年生の弟は、最近とうとう私の背を抜かし、男子校に通ってるくせに小学校時代のツテで彼女を作り、その途端、私に対する態度が生意気になった。高校生になっても彼氏ができない私のことを馬鹿にしてるのだ。

ふん、と私は息を吐き、茶卓を見ないようにしてドアを閉める。スマホで時間を確かめると一時だった。約束は二時だけど、グリフィン家まではバスで二十分くらい、バス停から歩いて十分くらいあるらしいから、そんなに余裕はない。

「お母さん、なんか変なところない？」

「いいんじゃない」キッチンで昼ごはんの片付けをしているお母さんはろくに見もしないで言う。「借りてきた猫みたいよ」

「手土産は？」

「冷蔵庫にシュークリームが入ってる」

「どこの？」

「クロエの」

近所のケーキ屋さんだ。普通に美味しいけど、高級感はない。庶民派。私がそう思っていることを見抜いて、お母さんは冷たい目をした。

「持っていきたくないのならいいのよ。私たちで食べるから」

「そうは言ってない……」

「その、グリフィンさんっていうのは、そんなにお金持ちなお家なの」

ソファに座って編み物（真夏なのに！）をしているおばあちゃんが、のんびりとした声をあげる。私は頷いた。

「豪邸に住んでるの」

「古いけどな」と弟。

「そこだけ日本じゃないみたいなの。しかも一家全員が超美形でね、お父さんはイギリス人で、お母さんは日本人のハーフ？　だったかな？　みんなモデルみたいで、もう本当に、映画の世界なんだよ」

「千夏のお友達の名前は？」

「藍莉」

でも、同級生の中にはアイリーンと呼ぶ子もいる。そのほうが断然似合うからだ。

「それで、その子が切手が好きなの？　不思議ねえ」

おばあちゃんはくすくす笑う。私は手にした水色のファイルをぎゅっと抱く。そうなのだ。夏休みに入る少し前、藍莉が「切手を集めるのが趣味なの」と言ったときは、みんなが衝撃を受けた。そんな古くさい、時代遅れの趣味を、うちの学校で一番の美少女が口にするとは思わなかった。私は「うちのおばあちゃんもだよ」と言った。上ずった声で。うちは中高一貫の女子校だけど、藍莉とおなじクラスになったのは今年が初めてで、まともに喋ったことはほとんどなかった。

「そうなの？」藍莉は微笑んだ。「いいな。一度、コレクションを見せて？」

その瞬間、クラスの全員が、自分も切手を集めておけばよかったと思ったにちがいない。あるいは親戚にそういう人がいればよかったと。私はただ何度も頷いた。おばあちゃんが切手をたくさん持っていることは知っていたけど、そのときまで私は興味を持ったことがなかった。だけどその日のうちにおばあちゃんに話を聞いた。彼女は喜んでコレクションを見せてくれた。昔は切手は趣味の王道といって……。ううんそういうのはどうでもいいの。でもこれを見たいって言ってる子がいてね。

ファイルというのかアルバムというのか、それは発掘した限り五冊もあり、私にはどれに価値があるのかわからなかった。おばあちゃんとしても、珍しいものというよりはただ気に入ったものを集めていただけだから、骨董品的な価値はないんじゃないかしらということだった。お友達をここに呼んで見せてあげたら、とも言われたけど、そんな恥ずかしいことはできない。あの豪邸に住んでいる藍莉にとって、我が家の狭さは衝撃的にちがいない。何冊もあるからいっぺんには無理だけど、よければ学校に持ってくるよ。藍莉にそう言うと、彼女は明るい茶色の瞳をわずかに見開き、まあ、という顔をした。そういう表情がいかにも似合うのが、藍莉なのだ。

「そんなことして、大事なコレクションが汚れたり、没収されたりしたら大変でしょう。ねえ、私のお家に持ってきて？　もうすぐ夏休みだし。私たちね、今年は父の仕事の関係でイギリスに行けなくて、退屈なの」

私の人生で最大のイベントは、そういうふうに決まった。

シュークリームは六つ入っていた。たしかグリフィン家は両親と兄妹の四人家族なので、私が食べるとしてもそれで足りるはずだ。バスの中、私は繊細なガラス細工でも運んでいるかのような手つきで紙袋を抱える。悩み抜いて選んだ服装は、紺色の膝丈ワンピースに、チェック柄の靴下、茶色の革靴。藍莉の足は（本当にものすごく）細いから、ワンピースはできれば着たくなかったけど、パンツではカジュアルすぎるとお母さんからダメ出しがあった。「外見の差を気にするなら、そもそも隣に並んだらマズいだろ」と笑ったのは拓哉だ。一瞬殺意を覚えたけど、残念ながらそのとおりなので、とにかく少しでも育ちがよさそうに見える服装にした。髪はポニーテール。前髪はきちんと留める。親戚の結婚式に行くときだって、こんなに一生懸命身だしなみを整えることはなかった。

バス停に着いたのは二時二十分前。私はゆっくりと坂をのぼり、グリフィン家が視界に入ったところで一度立ち止まり、電柱の陰に隠れて最後のチェックをした。リップを塗り直し、汗拭きシートで汗を拭う。制汗剤を振りかけながら、ちょっとやりすぎだったらどうしようという考えが頭をよぎった。でも、いまさらだ。深呼吸してから巨大な門の前に立つ。高級住宅地の中でもひときわ目を引く洋館は、我が家の何倍も広さがありそうだった。煉瓦造りの三階建て、庭は芝生になっていて、花壇にひまわりが咲いている。

「千夏ちゃん！」

家に見とれている間に、そう呼ばれた。はっとして顔をあげると、三階の一番右の窓から藍莉が身を乗り出して手を振っている。私はわたわたと頭を下げる。待ってて、と言われ、姿勢を正して待っていると、藍莉が玄関から駆け出してきて門を開けてくれた。

「暑い中、ありがとう」

「ううん、ううん、こちらこそ」

「学校と雰囲気がちがうみたい。そのワンピース、すごく似合ってる」

藍莉の右手が一瞬だけこちらの左腕に触れた。私はお礼を返すのも忘れてくらくらした。藍莉こそ、学校とはちがった。栗色の髪はふわふわと頭のてっぺんでおだんごになっている。半袖のワンピースは真っ白くて襟付きで、胸元に赤いバラの刺繍がある。丈は膝よりだいぶ上だけど、脚が長いから短すぎる印象はない。水色のビーチサンダルに、足先にはオレンジ色のペディキュアが塗ってあった。

このまま雑誌の表紙を飾れそうなくらい可愛い。

「お邪魔します」

「今日、両親はいないから、緊張しないで平気よ」

「あ、そうなの？　私、あのこれ、母が持たせてくれたの。お口に合うかわからないけど……、よければみなさんで」

クロエの紙袋を差し出すと、藍莉はまた例の「まあ」という表情をして、にっこりした。

「ありがとう。ケーキ？」

「しゅ、シュークリーム」

「じゃあお茶にしましょうか。紅茶がいい、コーヒーがいい？」

「紅茶……」

私は脱いだ靴を揃え、用意されていたスリッパを履く。グリフィン家の内部は、外観のイメージそのままだった。玄関は広々としていて、靴箱の上には生花——私には種類はわからないけど綺麗なやつ——が花瓶に飾ってある。その香りがする。廊下には外国の風景画がかかっていたり、アンティークっぽい時計があったりする。階段にまで絨毯が敷いてあってホテルみたいだ。ここ、だれがそうじしてるんだろう、という庶民の疑問が湧き上がったが、私はとりあえず黙って藍莉についていった。庭に面したダイニングルーム、テーブルの上には籐のかごに入ったフルーツが置いてある。

「座っててね」

はい、と私は頷き、庭と向かい合った席に座った。花柄のテーブルクロス、いくつかのキャンドル。壁にはさっきとはちがう絵が飾ってあり、背の高いガラスのキャビネットには、ティーカップなどの食器が並んでいる。芸術品みたいだけど、使うんだろうか。それとも飾りだろうか。

「喉乾いてる？」

藍莉はそう言いながら水の入ったコップを置いてくれた。薄く切られたレモンが入っている。私は大人しく飲んだ。キッチンに戻った藍莉がかちゃかちゃと準備している。私はいまさら思いついた。

「あの、私なにか手伝うことある？」

「大丈夫」藍莉は微笑む。

立ち上がりかけていた私はしゅるしゅると腰をおろす。おなじ高校一年生なのに、この差はなんだろう、と思った。世界がちがう。きょろきょろしてはみっともないと思っているのに、どうしても部屋の隅々まで観察してしまう。そして非の打ち所がないことに改めて感嘆する。我が家には一生呼べない、恥をかく。

藍莉がトレーを持って戻ってきた。クロエのシュークリームが高級菓子に見えた。ナイフとフォークがついていて私は動揺した。クッキーも添えてある。

「母が生徒さんからもらったの」

「そうなんだ」私は頷く。「……お母さん、先生なの？」

「ピアノのね。今日も教えにいってるのよ」

半ば趣味みたいなものなんだけど。藍莉は言い、花柄のポットからティーカップに紅茶を注いだ。こういう家に住んでいる子は、ペットボトルからアイスティーを飲んだりはしないんだろうか。友達の家でパーティを開くのに、二リットルのサイダーやジュースを差し入れたりは？

「いただきます」

藍莉はフォークを手に取り、シュークリームの皮のフタ部分を左手に、フォークでクリームをつけて口に入れた。私は先にクッキーで時間を稼ぎ、それを観察した。そして自分もなるべくそのとおりに食べた。斜め前に座った藍莉は、目が合うと、ふふ、と微笑む。白い肌はたぶんすっぴんで、右頬に薄く、ほんの少しだけそばかすがある。

「お家からここまで、遠いの？」

「えっと、合計で三十分くらいかな……」

「来るの大変？」

「あ、ううんそんな、ほとんどバス乗ってるだけだし」

「よかった」藍莉はにっこりする。「今度からは、手土産なんていいから」

私はきょとんとして藍莉を見返す。彼女はわずかに首をかしげる。

「だって、何冊もあるんでしょう？」

藍莉の視線の先には私のトートバッグがあった。水色の分厚いファイルが覗(のぞ)いている。

おばあちゃんのコレクションをぜんぶ見せろと言われているのだと理解して、私の顔は赤くなる。夏休みの間、何回もここに通うってことだろうか。おばあちゃんありがとう、と心の中で唱える。おじいちゃんが死んで突如同居することになり、子ども部屋が足りなくなって思春期真っただ中の私と拓哉をおなじ部屋にしたことで恨んでいたけど、許す、ぜんぶ許す、と思った。

「うん、うん、そう。いまのところ五冊あったけど、おばあちゃんの荷物たくさんあるから、まだあるかもしれない」

「千夏ちゃんはやってないの？」

　嘘をつこうかと一瞬思った。でも、透きとおるような瞳と目が合って、「や、やってないの」と正直に言ってしまった。

「だって、もう最近って、手紙書かなくない？　昔の人は、うちらがメール書くみたいに手紙を送ってたから、切手も集められたんじゃないの？」

　そうね、と藍莉はため息をつく。

「私はまだ使ってない切手を集めてるけど、もう少し前に生まれていたら、使われたものも集めてたかもしれない。そうすれば、切手の一枚一枚に、手紙の記憶もついてくるかもしれないでしょう」

　私は神妙に頷いたが、あまりわかってない、と自分で知っていた。でも、藍莉の物憂げな表情がただ美しく、切手とか手紙とか記憶とか、私があんまり考えたことのないものに関して彼女は深く思うところがあるらしいというのが、まぶしく映った。

目が合う。藍莉はそのたび、にっこりとする。それは彼女の癖のようなもので、校内では有名だった。だれにでもやるんだけど、その微笑み方にはなにか特別な感じがあって、やられると——特に下級生なんかは——めろめろになる。国語の大平先生は教師一年目の若い男の先生で、藍莉に初めてこれをやられたときは顔を赤らめた、という噂がある。

でも、それを知っているのと実際に間近でやられるのは話が別だった。私はいま、心から大平先生に共感し、俯いて紅茶を飲んだ。藍莉は私よりもずいぶんゆっくりとシュークリームを平らげ、ティーカップをソーサーの上に置くと、ほう、と息をついた。

「ああ、美味しかった。お家の方にお礼を伝えておいてね」


片付けはいいと言われたので、お皿もティーカップも置いたまま、私は藍莉に続いて廊下に出た。

木造の階段はチョコレートみたいな色をしていて、手すりは艶々と光っている。右手で触れるとひんやりとして気持ちよかった。この家はこんなに広いのに、どこにいても夏の蒸し暑さを感じない。エアコンや扇風機が見当たらないのも不思議だ。本当に異空間なのかもしれない。

三階の廊下は、一階よりだいぶプライベートな雰囲気がしたけど、整っていることに変わりはなかった。藍莉はスリッパを履き、花柄の絨毯の上を音もなく歩く。私も真似してなるべく静かについていった。

彼女の部屋は、予想していたよりもシックだった。

なにかもっとフリルだらけの、ウェディングドレスみたいな真っ白なベッドがある部屋を想像していたのだ。でも部屋の雰囲気は、どちらかといえば薄暗かった。グレイの壁紙のせいだろうか。寝具は紺色と白色で統一されていて、フリルもリボンもない。学習机ではなく、羽根ペンやインクが似合いそうな、重厚な木のデスクが置いてある。ちいさな脚のついた二人がけのソファがあり、それも淡いグレイだった。

「どうぞ」

藍莉が言う。私は「お邪魔します」とつぶやいてソファに座ろうとして――、短く悲鳴をあげた。

ふと視線を向けた先、デスクの上の写真立ての脇に、虫――、じゃなくて、ケースに入った蝶々の標本を見つけたせいだ。

「どうしたの？」

藍莉がびっくりした顔をする。「ごめ、ごめんなさい、なんでもない、ただ私、虫がだめで」私は慌てて標本から視線を逸らし、藍莉を見た。

「いや標本なら平気なんだけど、油断してて見つけたから、びっくりした」

「ああ、これ」

藍莉はちいさく笑い、右手で標本の入ったケースを持ち上げた。「兄がくれたのよ」顎をひいて、藍莉は横目で私を見る。

「お兄さん？」

「そう。虫が嫌いなの？」

「いき、生きてるやつはね……」

そう返した途端、藍莉は標本をこちらの顔の前に突き出してきた。私は反射的に、両手を顔の前に掲げてガードした。ふふ、ふふふ、と藍莉は笑う。数秒そのままでいてから、私は恐る恐る目を開けた。標本はなくなっている。

「ごめんなさい。もう大丈夫、隠したから」

「こちらこそ……。ごめんね、お兄さんからの贈り物なのにね」

私はへなへなとソファに腰をおろす。藍莉が標本をどこに隠したのかわからないから、それはそれで逆に怖かった。藍莉はまだくすくす笑いながら、イタズラっぽい瞳で隣に座る。

「千夏ちゃん、虫なんて平気そうなのに」

「ぜんぜんだめだよ」

「もう出さないから」

「うん……、どこにしまったの？」

「枕の下」

私はベッドを振り返る。私だったら、どんな状態だろうと、虫をベッドに入れるなんてしたくない。

「兄の部屋には入れないわね。標本だらけなの」

「あ、そうか」私はいまさら気づいて窓を見た。さっき門から見上げたとき、藍莉はここ とは反対側にいた。「さっき、お兄さんの部屋にいたの？」

「そう。会っていく？」

藍莉と目が合う。

彼女のお兄さんも、もちろん、校内では有名だった。なんといっても藍莉の家族なのだ。栗栖（くりす）、という名前で、この兄妹は、外国ではクリス・グリフィンとアイリーン・グリフィンと名乗るらしい。写真を見せてと言っても、兄は写真が嫌いだから持ってないのと藍莉は言う。でも、まだ高校三年生で拓哉とおなじ学校に通っているので、会おうと思えばそこまで難しくはない。身長は百九十センチちかくあり、藍莉よりも髪の色が黒にちかく、藍莉のような人懐（ひとなつ）こさはない。「いつもひとりだよ」と拓哉に聞いたことがある。「外されてるとかじゃなくて、そうしたいからって感じ」不機嫌そうな表情をよくしていて、女の子に寄られても喜ばない。でも、もちろんファンはたくさんいる。どんなに可愛い子が話しかけても徹底的に無視するので、彼に憧れる子は、ただ見つめることしかできないという。

まあ家に藍莉がいれば、どんなに可愛い子でも見劣りするよな、とは思う。拓哉は私に感謝するべきだ。私はあいつの女子に対するハードルをだいぶ下げてやっている。

「いや、あの、お忙しいだろうし……」

私は口ごもった。藍莉の家に行くという話になった瞬間から、お兄さんの存在はたしかに頭の隅にあった。でも、会いたいとはあまり思わなかった。頭がよくてスポーツもできて、小学校を卒業するまでイギリスで暮らしていて英語もぺらぺらで、昆虫に囲まれた部屋に住んでいる人と私の共通点は、たぶん一個もない。噂に聞く冷たい目で一瞥（いちべつ）されたら、なんだか落ち込みそうだと思う。

「千夏ちゃんって」藍莉は背もたれに寄りかかり、しみじみと言う。「イメージとちがったわ」

「え？　そう？　だめなほうに？」

「ううん、いいほう」藍莉は内緒話をするようなひそひそ声になった。「本当はね、切手の収集って、祖父に言われて始めただけなの」

「おじいちゃんが趣味を決めるの？」

「そう。可笑しいでしょ、グリフィン家の子どもたちは、代々おなじ趣味なのよ。切手を集めるか、昆虫を集めるかの二択。栗栖が昆虫だったから、私は切手にしたの、兄妹でおなじなのは嫌だったから。父も切手だし」

「じゃあ、グリフィン家を全員集めたら、すごい数の切手と昆虫標本を持ってるってこと？」

藍莉は頷いた。

「私はまだそんなにないのよ。郵便局にあるので気に入ったのを集めたり、外国に旅行に行ったときに買ってみたり、あとは切手屋さんで手に入れたりね。ネットでも買えるんだけど、それはまだやってないの」

んん、と伸びをすると、藍莉はこちらの肩に頭を乗せた。ふわっとシャンプーかなにかの香りがした。いや別に女子校だからこれくらいのことには慣れてるけど、藍莉にやられるとは思わなかった。藍莉はだれとでも仲がよく、みんなの憧れで、でも、だからなのか、だれかとべたべたしているところは見たことがなかったのだ。まして私がやられるとは。

「小学生くらいまでは、私も可愛いシールとかを集めたいなあって思ってた。最近ようやくね、切手もいいなって思い始めたの。ノスタルジックで、ちょっと寂しいけど」

そこで藍莉は黙った。五秒くらい。私は硬直したまま、なにかうまいコメントはないかとか、なんでこんなにいい匂いがするんだろう香水でもつけてるのかなとか、足が細いなとか、いろいろなことを考えていた。

「じゃあ、見せて」

やがて藍莉は身体を離し、私を覗き込むようにして、そう囁いた。「……なにを？」馬鹿な私はそう訊き返した。どうしてだろう、その瞬間、藍莉の茶色い瞳が私を上目遣いに見つめ、私がその睫毛の長さに目を奪われたそのときだけは、なにかぜんぜんちがうものを「見せて」と言われているような気がしたのだ。

ふふふ、と藍莉は笑い、私のバッグに手を伸ばして、おばあちゃんのファイルを広げた。最初のページにあるのは東京オリンピックのときの切手だった。彼女は私の膝の上にそれを置き、またこっちの身体にもたれかかった。

藍莉の部屋にいたのは三時間ちょっとだった。彼女は猫みたいに甘えるのがうまかった。ページをめくり、これが好き、これが好き、と、気に入ったものを指していく。オレンジ色のポピー、紫色のあじさい、街の風景、男の子の絵柄。たまに、当ててみて、と言う。

だから私は次のページをめくって、藍莉の好きそうなやつを指さす。正解すると、藍莉はふふ、と笑って頷く。外しても笑う。いつの間にか、しかもとても自然に、私のことを「ちーちゃん」と呼んでいる。「ちーちゃんのおばあちゃんは、きっと黄色が好きなのね、あと鳥が」。藍莉は、会ったこともない私のおばあちゃんのことを、とても好き、と言った。私は藍莉のことを、ほんのちいさな子どもだった頃から知っていたような気がしてくる。ソファでくっつき合い、樟脳(しょうのう)の匂いのするおばあちゃんのファイルをいっしょに眺めて、おばあちゃんの若い頃について、いっしょに好き勝手妄想していると。ノックの音がするまで、私はいつもはほとんど肌身離さず持っているスマホを見ることすら忘れていた。

「はあい」

藍莉が私に寄りかかったまま明るく返事をする。ドアが開く。振り返ると、廊下に立っていたのは藍莉のお兄さんだった。私は硬直する。

彼は口を開いたけど、藍莉を見てなにか早口に、しかも英語で言ったので、私には聞き取れなかった。藍莉は「あら」と言って私を見た。

「ごはん、食べていく?」

私はぽかんとした。そしてはっとした。

「いま、何時?」

「六時前だ」

低い声で答えたのはお兄さんだった。挨拶するのも忘れて、「ええっ」私は声をあげた。

お母さんには、六時までに帰ると言ってあるのだ。窓の外を見る。夏だから当たり前だけど、まだぜんぜん夜には見えない。これのせいでますます時間の感覚が狂ってしまう。

「ううん、帰る、帰んなきゃ。遅くまでごめんなさい」

「帰っちゃうの」

藍莉はしゅんとした。「で、彼女は？」お兄さんが訊き、私はまた慌(あわ)てる。

「ごめんなさい。お邪魔してます。あの、グリフィンさんとおなじクラスの小橋(こばし)です」

廊下に立っていたお兄さんは一歩部屋に入ってきて、じっとこちらを見下ろした。私は簡単に赤くなる。藍莉がふふ、ふふふ、と笑って、私の肩を抱く。

「千夏ちゃんのこと、怖い目で見ないであげて」

「藍莉の兄の栗栖です」お兄さんはようやく言った。「よろしく」

「シュークリームをいただいたのよ。冷蔵庫にあったの、食べた？」

お兄さんは答えず、デスクに視線を向けて片眉を動かした。

「オオムラサキがない」

「虫は千夏ちゃんが怖がるから」

オオムラサキとはなんだろうと思っていた私は、標本のことだと気づいてどきりとした。

「死んでても?」お兄さんがまたこちらに視線を向ける。

「いえあの、近くになければ大丈夫です。視界に入るとどきっとしますけど……。いま家にもありますし」

「なにが?」

「あの弟が、標本を作っていて、クワガタが」

「弟さんがいるの?」

藍莉が声を弾ませて私に飛びついた。うん、と私は頷く。

「趣味なのか?」とお兄さん。

「いえ、夏休みの自由研究とかなんとか……」

「何歳?」藍莉が訊く。

「中二」

「学校は?」

「あ、お兄さんといっしょの……」

「まあ!」

藍莉は楽しそうに声をあげ、それからお兄さんを振り返って早口でなにか言った。英語で。だから私には、彼女がはしゃいでいることしかわからない。ここらへんに私立の学校なんてたいしてないので、男と女のきょうだいで私立に行かせるとなると、共学を選ばない限りだいたいその組み合わせになる。かぶるなんてめずらしいことじゃないと思うんだけど。たしかに、切手収集と昆虫標本、というのはすごいかもしれない。でもそれも、厳密には切手を集めてるのはおばあちゃんだし、弟だって趣味というほど極めてはいない。それとも、なにか別の理由で喜んでいるのか。

ぶわあああ、という勢いで英語を喋る二人を見ると、まあ元々世界がちがう人たちだけど、ますます離れていく感覚があって、私はちょっと寂しくなった。さっきまで藍莉は私しか見ていなくて、日本語しか喋らなくて、私が冗談を言うと私の腕に額をつけて笑ってくれたのに。

「ごめん、お母さんに電話していい？」

「どうぞ」

藍莉が振り返ってにっこりとする。私は窓際に立って電話をかけた。「お母さん、ごめんね、まだ藍莉の家にいるの。……うん、もう出るから、六時半くらいには帰れると……」私は話しながらも、兄と妹から目が離せなかった。藍莉はソファに膝立ちになり、お兄さんは彼女の間近に顔を寄せている。それだけで絵になるのだ。囁き声の英語で、会話の内容はわからないが、お兄さんの唇がかすかにあがっているのにどきどきした。たぶん私はいま、とてもめずらしいものを見ている。

「うん大丈夫、じゃあね」

私はいい加減に電話を切る。藍莉が「千夏ちゃん、千夏ちゃん」と私を呼んだ。なんとなく、ひらがなで呼ばれているような気持ちが私はした。ちょっとだけ舌足らずで、甘えるみたいな口調。

「今度、弟さんも連れてきてくれない？」

「は？」私は思わず素の言葉遣いで返した。「なんで？」

「兄が、話してみたいって」

私はお兄さんを見た。ばっちり目が合った。すでに無表情に戻っているが、さっきよりは怖くない、かもしれない。……いや怖いか。「話してみたい」なんて欠片(かけら)も思っていなそうな表情だ。この人と弟が会って、いったいなにを話すのか。弟はごく普通の中学二年生だ。本当にどこにでもいる感じの。彼女ができて調子に乗っている。ちいさい頃は恐竜が好きで、昆虫についても私よりは知識があるかもしれないが、でも、あいつの趣味はゲームだ。

「お願い。一度だけでいいの」

藍莉が上目遣いで付け加える。お兄さんのほうは、やっぱり「お願い」なんて表情はしておらず、ただその切れ長の、世にも美しい瞳で私を見つめているだけだ。連れてこい、と命じるように。兄妹の視線を一身に受けて、私は思わず唾を呑み込んだ。

「わ、わかった、一応言ってみる……。うちの弟人見知りだから、どうなるかわかんないけど」

「ありがとう！」

藍莉がぱあっと顔を輝かせ、走り寄って抱きしめてくる。首筋から甘い香りがした。お兄さんは、やっと言うことを聞いた、という表情で部屋を出ていった。

「はあ？　なんで俺？」

というのが、拓哉の反応だった。

夜。私たちはお互いの学習机のイスに座っている。

元々はひとり一部屋ずつあったけど、おばあちゃんと同居するにあたり、みんなで部屋を交換した。一番広かった両親の寝室を私と弟で使い、元・私の部屋を両親が使い、弟の部屋におばあちゃんが入ったのだ。私と弟は新たにロフトベッドを与えられ、その下の空間に学習机を置き、お互いのプライバシーを保つために机周りを覆えるようなカーテンを設置した。これが閉まっているときは、絶対に勝手に開けないことになっている。

そしてそれはいま開いており、私たちは向かい合っていた。

「会いたいんだって」

「栗栖先輩が？　俺に？　なんで？」

「あの人、昆虫の標本作るのが趣味なんだって、知ってた？」

「知るわけないだろ。学年ちがいすぎて絡んだことなんかねえよ。見かけることすらほとんどない」

「拓哉も標本作ってますよって、ぽろっと言っちゃったんだよ。そうしたら、会いたいって」

「俺のは趣味じゃないだろ」

「そう言ったよ。でも話してみたいって」

「なんで？」

「さあ……」

「やだよ、絶対俺なんかに興味ないって、ってかあの人ってだれにも興味ないんじゃないのかよ。姉ちゃんがお世辞を真に受けただけじゃねえの」

それだけはちがう、と私は思ったが、今日、あの部屋にいなかった人間に、あの雰囲気は伝わらない。あのときのあの兄妹の、強い視線。頷く以外の選択肢なんかなかった。

「――いいじゃん、憧れの先輩の家に行けたら、周りから羨ましがられない？」

「別に憧れてねえし。あそこまで完璧だと化け物みたいなもんだろ。逆に近づきたくないわ」

「藍莉にも会えるよ。生の藍莉！　しかも家！　めちゃくちゃいい匂いするんだよ」

「……」弟は少し揺れたが、「俺、彼女いるし」と一応言った。お兄さんのほうで攻めても無駄だとわかったので、私は方針を切り替える。

「私服の藍莉、死ぬほど可愛いよ。今日は白いワンピース着ててね、裸足で、髪はくるくるまとめてて。あんなのおなじ学校に通ってても見られないんだから、学校で自慢したら超羨ましがられると思う。あんたの学校にだってどうせ藍莉のファンいるんでしょ。外国のティーセットでお茶飲んでね、クロエのシュークリームをナイフとフォークで食べるんだよ。こんな機会一生ないって。きっとそのうち藍莉もお兄さんもどっかの世界で有名人になるよ。その家に呼ばれてるのに行かないなんて、あんた馬鹿なんじゃないの」

途中から自分でもなにを言ってるのかわからなかったけど、私は懸命にグリフィン家をプレゼンした。足をぶらぶらさせながら聞いていた弟が、ちょっと行ってみてもいいかなと思い始めていることも、でもミーハーだと思われるのは嫌だなと思っていることも、姉である私にはわかった。あと一押し、なんだ、なにか。

「来てくれたら、お風呂そうじ、来週はぜんぶ私がやる」

我が家では、お風呂そうじは子どもの役目だ。通常は交代でやってるけど、なにか頼みごとがあるときは、よくこんなふうに使われる。

「しょうがないな。一回だけだからな。どうせ会話続かなくてすぐ帰るし」

予想どおり、弟はそれで折れた。私は思わずガッツポーズをする。

「次の火曜日ね。火曜日と木曜日はお母さんがピアノ教えに出かけてるから、お兄さんと藍莉しかいないんだって。でも、変な格好で行っちゃだめだからね」

わかってるよ。弟は舌を出し、カーテンを引いた。


翌週の火曜日、私と弟は困惑するお母さんに見送られて家を出た。姉弟でお邪魔するなんて、向こうのお母さまに電話でも入れるべきかしら、と悩んでいた。私はワンピース、弟は半袖のシャツにジーンズ、スニーカーを履いている。私に比べるとラフだけど、まあ許容範囲内かなと思う。向こうの家に大人がいないと知っているので、前回よりは気が楽だった。

弟はだんだんと緊張してきたらしく、バスの中ではずっとスマホをいじっていた。「なあ、藍莉って人、彼氏いるんだよな」と突然訊いてくる。

「は？　なんで？」

「……亜美(あみ)が知りたがってる」

亜美というのは弟の彼女の名前だ。共学の学校に通っている。

「いないと思うけど」

「あんなに美人なのに？」

「関係ないでしょ」私はむっとする。こいつは自分に彼女ができて以来、恋人のいない人を馬鹿にする傾向があるのだ。「別に彼氏がいてもいなくても、ガキのあんたに興味なんかないわよ。あんたはお兄さんのほうに会うんだし」

　私は一度だけ無理やり見せてもらったおかっぱの女の子の写真を思い浮かべた。拓哉の彼女にしては可愛いと思った。嫉妬深いんだろうか。弟はむすっとしてスマホに戻る。こいつが彼女といるとき、どういう顔して「彼氏」なるものをやってるのか、私にはまったく想像できない。

　今日は電柱の陰で立ち止まったりせず、まっすぐグリフィン家に向かった。門の前で弟を見る。拓哉は「俺、たぶんすぐ帰るよ、どうせ」とぶつぶつ言う。

　だけど玄関から藍莉が駆け出てくると、弟は慌てて背筋を伸ばした。

「来てくれてありがとう。はじめまして、私、グリフィン藍莉といいます」

　弟は「小橋拓哉です」とつぶやいた。動じていないふりをしているが、耳は赤いし、まともに藍莉の顔を見られていない。私はなぜか勝った気になってちいさく笑った。

「ごめんね、うちの弟、無愛想で」

「きっと兄と気が合うわ」藍莉はにっこりした。「どうぞ」

彼女は、くすんだ黄色のTシャツに短パンという格好だった。それだけの服装でこんなに美少女に見えるんだから羨ましい。髪は今日は結んでおらず、腰ほどまで長さがある髪からは、前回よりも甘い香りがする気がした。

私と弟はスリッパを履き、お互いの礼儀作法を牽制（けんせい）し合うようにしながら廊下を歩いた。まずは前回とおなじくダイニングルームに通される。

藍莉のお兄さんはそこにいた。

ダイニングチェアに足を組んで座り、庭を見ながらコーヒーを飲んでいた。レースカーテンのせいで外からは気づかなかったけど、私たちが門をくぐったときから目に入っていたということだろうか。藍莉はスリッパを履いているけどお兄さんは裸足だ。天真爛漫（てんしんらんまん）な妹とは対照的に、かなり近寄りがたいオーラを出している。彼も別に特別な格好はしていない。モスグリーンのTシャツにジーンズ。

彼はゆっくりとこっちを振り返り、藍莉、私、弟の順番に視線を移していった。前回も思ったけど、この人の瞳はとても強い。圧力みたいなものがあって、なにを見ているのかがわかりやすく、自分に向けられると射貫かれたように動けなくなる。私は右斜め後ろに立つ弟を振り返り、急に心配になった。藍莉に舞い上がっていた拓哉は、また緊張した顔つきに戻っている。

「……こんにちは」

低い声で言って、お兄さんが立ち上がる。弟は、私のことを抜かしたとはいえ百七十センチにはまだまだ届かないくらいの背で、お兄さんに見下ろされると子どもみたいだった。

「こ、小橋拓哉です」

「標本を作ってるんだって」

「はい。あの、自由研究で、いつもやってるわけではないんですけど」

「うん、知ってる」

お兄さんは言葉と言葉に独特の間を置くので、それが沈黙のようになって私たちはますます緊張した。藍莉だけが呑気に、ふふ、ふふふ、と笑い、私の右腕にぶらさがるように腕を絡めてくる。

「虫は平気?」

「はい」

「好き?」

「はい、いえ、あの。あんまり知識はありませんが、触れます」

「それでいい。殺せるってことだろう」

淡々と紡がれた言葉に、私はぞくりとした。私が虫嫌いになったきっかけ、いつかの夏休み、旅行先のホテルで出た蛾を父が丸めた新聞で潰し、飛び散ったやけに色鮮やかな体液が私の服に付いた瞬間の、あのぞっとする感覚を、思い出す。

「栗栖。千夏ちゃんがいるんだから」

藍莉が窘めるように言い、お兄さんはちらりとこっちを見て、また弟に視線を戻した。

「腹減ってる？」

弟は首を横に振った。

「じゃあ、上に行くか」

弟は私を見る。少し混乱したように。私もおなじ気持ちだったが、姉として助け舟を出してやらなくちゃいけない気になって、どうにか口を開いた。

「あの、弟は、なにをするんでしょう……？」

お兄さんはまばたきをして、かすかに頬を歪ませた。それは笑顔らしかった。私は彼を見上げ、その瞳が実は深い藍色だということに気づく。

「標本を見て、それから少し、手伝ってもらう。嫌でなければ」

弟はまっすぐに立ったまま、「はい」と神妙に頷いた。「平気よ、栗栖の部屋は、楽しいのよ」藍莉がうたうように言い、弟を見つめてにっこりした。弟はみるみる顔を赤くし、それを私に見られないように俯いて、お兄さんについて廊下に消えた。

「アイスクリームがあるの。ミルクといちご、千夏ちゃん、どっちが好き？」

藍莉は私の腕を離すと、ぱたぱたとキッチンに向かった。「うーん。ミルク……？」どちらでもよかったけど、なんとなく藍莉はいちごの気がしたからそう言った。ここで食べるのかと思いきや、藍莉はマグカップにアイスと銀色のスプーン、それにウエハースを入れ、そのまま階段に向かった。三階まであがったところで、私は一度立ち止まる。左に曲がって突き当たりが藍莉の部屋、右手にまっすぐ行けばお兄さんの部屋に着く。

「拓哉くんのこと、心配？」

藍莉が振り返った。「いや、あいつがなにか、失礼なことしてなければいいなと思って」私は嘘をつく。弟は、実際のところ私なんかよりずっと要領がいいから、こういうところでヘマはしない気がする。ただ、もう少し四人で話すのかと思ってたから、ちょっと同情しているだけだ。

「大丈夫よ。兄は、気に入らなかったら帰してしまうから」

「ほんとう？」

「ちーちゃんの弟だもの。いい子に決まってるでしょう」

藍莉の部屋は、なんだかシナモンみたいな甘い香りがした。ベッドサイドにオレンジ色のキャンドルが点いているせいだろうか。彼女はふうっとそれを吹き消すと、ソファに腰をおろして私を見上げた。黄色いマグカップを差し出され、私はお礼を言って隣に座る。

「弟さんと仲良しね」

「……そう？」私はここに来て十分ほどの行動を振り返る。「そうでもないと思うけど」

「嫌いなの？」

「嫌いってほどじゃないけど。でも、あいつ最近生意気なんだよ。彼女ができてね」

「彼女？」まあ、と相手は目を丸くする。

「そうそう。小学校のときの同級生と。それでなんか急にこそこそしてさ、週末とか出かけてばっかで、浮かれてるの」

「どこまでしてるか、知ってる？」

藍莉が声をひそめた。私はびっくりしてアイスクリームを飲み込む。甘い、甘い液体が喉を通る。

「知らない」

「キスは？」

「……まだだと思う」私は思わず部屋の入り口を見た。「いや知らないけど。想像できないよ、あいつがそんなの」

ふうん、と藍莉は頷き、自分のスプーンを私のカップに突っ込んで、ミルクを一口奪った。そしてイタズラっぽく笑った。私はその唇を一瞬だけ見る。

「藍莉は？」

「なあに？」

「したことある？」

「キス？」

「そう」

彼女はスプーンをくわえ、なにかを思い出そうとするように視線を宙に向けた。こんなの、あるかないかしか答えはないと思うんだけど。

「ないわ」

「ほんと？」

「うーん」藍莉はスプーンでアイスをぐちゃぐちゃに混ぜる。「あるかなあ」

「どっちよ」

「本気のはなし」

「なにそれ！」

自分の顔が赤くなったのを感じた。藍莉の右手がウエハースをつまみ、ゆっくりと口に運ぶ。先端が、ぱき、と折れる。彼女の瞳が面白がるようにきらきら光る。

「ちーちゃんは？」

「ないよ！」

「ないの？」

「ない」

「頬っぺたとかも？」

「男とってことでしょう？　ないよ」

「女の子ならあるの？」

「そういう意味じゃないけど。なんにもなし」

「したい？」

うーん、と私はマグカップを見下ろす。してみたい気もするけど、いざとなったら気持ち悪そうだなとも思うし、好きな人もいないから、具体的に想像できない。高校卒業までにはしておくべきかなと思う。なんとなく。なんていうか人生が階段だとして、いつまでにこれくらいまではあがっておかないとあとあと大変、みたいなものなんじゃないかという予感がする。知らないけど。

「ま、機会があればね」

私は顔をあげて結論を出した。藍莉は三秒くらい私の顔を見て、「ちーちゃん、秘密の話、してあげよっか」と囁いた。「え？　うん」私はわけもわからず頷いた。藍莉は忍び笑いを漏らしてからマグカップを床に置き、私に顔を近づける。

あ、と思った。

だけど気づいたときにはもう遅くて、避けられなかった。藍莉の高い鼻先が、私の頬に触れる。冷たい。一瞬後に、唇が唇に——、いや、もっと正確に言うと、藍莉の唇が、私の唇の左端、頬と唇の間くらいの場所に当てられた。ごく軽く。冗談みたいに。

　それでも胸の真ん中あたりに、ざわわわわ、という感覚が湧き起こって、私は自分でびっくりした。

「——あのね」唇を離した藍莉は、額のつきそうな距離で私に目を合わせ、まばたきをした。「マギーっていう従姉がいてね。いまはもう大学生なんだけど、その子が教えてくれたの、私が中学生のときに、キスの仕方を。だから私、それ以来たまに練習してるの」

「——れ、んしゅうって」

　私はやっと我を取り戻し、藍莉から顔を離した。私のファーストキスが。いや、いまのはファーストキスなのか？　がっつり唇ではない。がっつりって？　右手で藍莉の唇がついた部分に触れる。頬、と言い張れないこともない。学校で、冗談で頬っぺたにキスをする子はたまにいる。私の仲いい子にはいないけど。——いなかった。いままでは。

　ふふ、ふふふ、と笑いながら、藍莉はマグカップを手に取り、またアイスを口にした。いちご味。もうだいぶ溶けてきている、私たちのアイス。いま自分の唇を舐めたら何味がするだろう、という発想は、私を急激に恥ずかしくさせた。

「いま私は、練習台にされたってこと？」私は顔を熱くしながら訊く。

「ううん？」藍莉は可愛らしく首を横に振る。「そうじゃなくて、ちーちゃん。私、だいぶ上手になったから、ちーちゃんにも教えてあげましょうかって言ってるの。いつかの本番のために」

「――……」

私は目の前の美しい少女を見る。栗色の髪、瞳、睫毛、白い肌、薄ピンク色の唇。いまとなっては私はその感触を知っている。細い首、華奢な肩、Tシャツから覗く鎖骨。もうぜんぶがちがって見えてきた。キス？　を教わる？　天使みたいに可愛い女の子に？　悪魔かなにかに試されている気がした。この誘惑に負ければ地獄に落ちるみたいな。私は深呼吸して首を横に振る。

「いい、いいよ、そんな、いいです」

「いいの？」

「私には過激すぎる」私はなんとか言う。「だいたい、本番だってくるかわかんないんだし、そんなもん上手になるのもなんか恥ずかしいし。いやよくわかんないけど、とにかくいい、藍莉、うちら友達なんだから」

そう。彼女は残念そうに俯き、ウエハースをぜんぶ食べてしまった。ソファから立ち上がってマグカップをデスクに置く。戻ってくるときに私のバッグからおばあちゃんのファイルを取り出し、まだ挙動不審気味な私の隣に座って、こちらの膝の上にそれを広げる。やっぱりいい匂いがする。私の右半身に藍莉の体重がかかる。

「……じゃあ藍莉、ほんとはめちゃくちゃキスしたことがあるってことじゃん」

それはささやかすぎる反撃だった。「ううん？」藍莉はたぶん、反撃だとも思わなかっただろう。居心地のいい体勢を探ってもぞもぞ動きながら、のんびり返してくる。

「本気じゃなければカウントされないから、いいのよ。いい、練習のキスなんてね、ハグとたいして変わらないの。楽しかったり可笑しかったり、安心するだけよ」

「じゃあ、マギーさんが藍莉のファーストキスの相手？」

「ちーちゃんにとって、私はファーストキスの相手なの？」藍莉はイタズラっぽく私の顔を覗き込む。「ちがうでしょう？」

ちがうんだろうか。わからない。なんかどっかの変な男子と付き合って奪われるくらいなら、さっきのをカウントに入れたい気もする。

「マギーが言うには、私の兄は、きっとキスが上手いそうよ。見ればわかるんですって、そういうのって」

藍莉は汽車の柄の切手を指先でそっと撫(な)でながら囁いた。私は自分のアイスクリームを食べきって、無意識のうちに唇を舐めた。そして、あ、と思った。でも、ミルク味の中にいちご味が混ざっていたかどうかはよくわからなかった。ただ甘くて冷たくて、また胸のあたりがぞわぞわしただけだった。

キス事件が衝撃すぎて、私は弟のことなんてすっかり忘れていた。切手を眺めていてもほとんど上の空だったのだ。それなのに藍莉はまた「私の好きなの当てて」とせがんできて、私がろくに考えもせずに指さすと、ふふ、ふふふ、と笑う。煙を出して進む汽車、水色の小鳥、手紙を抱きしめる女の子。虫の絵の切手が並んでいるページを見つけると、私の手を引っ張って触れさせようとした。ぼんやりしていた私はぎゃっと悲鳴をあげて抵抗する。藍莉は笑い転げる。

ノックの音で、私たちだけの時間は終わる。

「はあい」

藍莉が返事をして、私は振り返る。廊下にお兄さんと弟の姿を見つけて、「拓哉！」と思わず呼んだ。そうだ、あんたを連れてきたんだった。

「いい加減帰らないと、母さん怒るだろ」

「もうそんな時間なの？」

「あと五分で五時半」

弟のぼそぼそとした口調と、その後ろに立つ藍莉のお兄さんの冷静な瞳が、私を急激に現実に引き戻す。あんたいままでお兄さんと話続いてたの？　と、弟を完璧に放置していた自分を棚に上げて私は思ったが、本人を前にして訊けるわけもない。私たちは慌ただしく一階におりた。お兄さんは部屋に引っ込んだので、来たときとおなじ、玄関に立ったメンバーは藍莉と私と弟の三人だけだった。

「兄の部屋、面白かったでしょう」

藍莉の微笑みにまた耳を赤くしながら、弟は「はい」と頷いた。そこまでは理解できたけど、「また来てね」にまで「はい」と返事をしたのには驚いた。その「はい」には、ただ礼儀正しく応えているだけではない響きがあった気がして。

「あんた、また来るの？」

グリフィン家を出ても外はまだ明るく、蒸し暑かった。バス停までの道のりでさっそく肌がべたついてくる。

「うん、来ていいって」

「お兄さんに言われたの？」

「うん」弟は頷く。「すごかった、部屋」

「そんなに？」

「博物館みたいだぜ、馬鹿みたいに広くて、本と標本しか置いてない。ほとんどが蝶々の。あと作業台。勉強机じゃなくてさ、わかる、理科室の机みたいなのが窓際にでーんってあんの。そこに道具が並んでて、標本用の」

「やめてよ」私はぞっとする。「生々しい話はしないでね」

　弟はへへっと笑った。

「姉ちゃんは気絶するな、あそこ入ったら。標本とか模型とか、虫のやつだけじゃないけど、いろいろあるから。でもすごいんだよ、俺が作ってるやつなんて、もう子ども騙し（だま）って感じ。まあキットだからそうだろうけど。捨てようかな、あれ。先輩のとこで、もっと本格的なの作り直したほうが学校でも評価されるだろうし」

「ちょっと、あんまり図々しいこと言わないで。人ん家なんだから」

「姉ちゃんだってばあちゃんの切手持ち込んで遊んでるだけだろ」

「だって藍莉は」私はキスのことを思い出したが、表情に出さないように努力した。「私のクラスメイトだもん」

「俺は先輩に来ていいって言われたんだ。別にいっしょに通わなきゃ俺の勝手だろ。それとも俺たちの部屋でやってやろうか、ぜんぶ道具揃えて、蝶々捕まえてきて殺して、針で形整える。乾かすのに何週間もかかるから、その間はずっと出しっ放し。いいの？」

　私たちはバス停で睨（にら）み合う。私たちの部屋。あのちいさな空間にそんな恐ろしいものが持ち込まれるのを想像して、私は泣きそうになった。

「私が言ってるのは、迷惑になることしちゃだめよってことよ。後輩なんだから。だいたいお兄さんは三年生でしょ？　受験生だよ。一番追い詰められる時期なんじゃないの？

あんたみたいなのがちょろちょろしてたら邪魔だよ」

受験云々は言いながら思いついたポイントだったけど、もっともだと自分で思った。弟の学校は進学校だし、藍莉も頭がいいし、お兄さんだって絶対にいい大学を目指しているのに決まってる。

でも、弟は逆に勝ち誇ったように笑った。

「だから俺がいるんだよ。先輩はイギリスの大学を受験するんだって。あの人は最初から勉強できるから、いまさら追い詰められたりしない。だけど準備で忙しくなるから、標本作りを手伝ってくれる人が欲しかったんだって。俺はそれに選ばれたの」

バスが来たので、私たちは一時的に休戦した。無言で乗り込み、隣同士で座る。バスは私たちが来た道を少し戻り、窓の向こうにはグリフィン家が映った。汗をかいた私たちの視線の先、一軒だけ初夏のイギリスにあるみたいに、涼しげな顔をしている広いお屋敷。

「……憧れてないとか言ってたくせに」

私はつぶやいた。弟がひとりであの家に出入りできるようになることのなにが気に入らないのか、自分でもわからないまま。

「だって、知らなかったから」

弟はぽつりと返した。

もしかしたらお母さんが止めてくれるのではないか、という私の期待も、その夜には打ち砕かれた。弟から話を聞いたお母さんはグリフィン家に電話し、いとも簡単に説得されてしまった。

「すごく上品な喋り方をするお母さまね、緊張しちゃったわ」お母さんは緑茶を飲みながら息をついた。「でも、いい人だったわ。あんたのことも拓哉のことも歓迎しますって。逆にお礼言われちゃった、遠いのに呼びつけてるみたいですみませんって。お兄さんは、本当になに、助手みたいなのを探しているみたい。そんなにすごいことなの、標本作りって？」

知らない。私はむすっとつぶやき、「すごいよ」と歯を磨きながら弟が割り込んでくる。

「あれ、趣味っていうか研究だもん、規模が。通うなら交通費出すとまで言われたんだよ」

「まあ！　断ったんでしょうね？」

「うん。でもだから、今度からバス代ちょうだい」

「なんでそうなるのよ。嫌よ」

お母さんが言い返し、弟は一度バスルームに消えた。口をゆすぐと戻ってくる。

「だって母さん、うちの学校で一番頭いい人ん家だよ」

「そこに通うとあんたの頭もよくなるわけ？」

「お金はいらないですって言ったら、少し考えて、じゃあ家庭教師やってやろうかって言われた。タダで。宿題持ち込んでいいし、標本の道具も借りられる」

そんな話は初耳だった。お母さんが明らかに心動かされた顔をする。私は思わず口を挟んだ。

「だったら私にもくれるでしょう、バス代」

「なんでよ？　あんたは友達の家に行くだけでしょう？」

「藍莉だって勉強できるよ。英語ぺらぺらだし。いっしょに宿題すれば教えてくれるもん、だいたい藍莉は私の友達なんだから」

「信じられない」お母さんは言う。「あんたたちが勉強する気になるなんて」

ソファでテレビを観ているおばあちゃんが笑い声をあげたが、私と弟はお互いから視線を逸らさなかった。

「わかった、回数券買ってあげる、あれ二十枚とかあるんだから、夏休み中くらいはそれで足りるでしょう。あとはそうね、夏休みが終わっての成績次第かしらね」

おばあちゃんが二回目の笑い声をあげる。お母さんにうまく操られている気もしないではなかったけど、弟に負けるよりはマシだと思った。

「なんなの、ちーちゃん」藍莉はふふふと笑った。「拓哉くんとケンカしてるの？」

グリフィン家に行く日は、火曜日と木曜日が主だった。あと向こうの両親に出かける予定の入っている土日のどちらかとか。大人がいないときのほうが気が楽でしょう、と藍莉が言うからだ。それはお兄さんもいっしょらしく、だから必然的に、私と弟が行く日はかぶった。

基本的にばらばらに行くのだけど、お互いに相手が自分より長くグリフィン家にいる、という状況を避けたがり、結果的にどんどん行きのバスの時間が早くなり、帰りが遅くなり、それに気づいたお母さんが怒って新たにルールを決めた。お昼ごはんは十二時、夜ごはんは六時、二人ともそれだけは守りなさい、というものだ。

となると今度は行きも帰りもおなじバスで、しかしまるで他人同士のようにグリフィン家に出入りする、という状況が生まれた。

「別に。四六時中いっしょに家にいるから飽きただけ」

門を開けてくれるのはいつも藍莉で、彼女はいつも朗らかだ。弟は相変わらず藍莉の前では仔犬のようになるけれど、顔を赤らめたり目を逸らしたりはもうせず、すぐに階段をあがっていく。

私が折れればいいのだ、とは知ってる。でもまだその気にはなれない。ここに入り浸っている理由として、弟のほうが正当な気がする、というのが癪だった。

「本当にあんなので、お兄さんの助手なんか務まってるのかな。迷惑じゃない？」

ぜんぜん、と藍莉はにっこりする。

「兄は神経質だから、私とか母みたいな人にコレクションを触らせたくないのよ。父なら大丈夫だけど、そんなヒマはないし。だから助かってるわ」

私たちは階段をあがる。スリッパで歩くのにもすっかり慣れた。ならいいけど、と言って俯きながら、私にもなにか理由があればなあと思った。ここに来るのは今日で六回目。夏休みは残り半分くらい。この間はほかの友達とプールに行ったけど、思ったより楽しめなかった。いつものグループ四人で朝から集まって、ぎゃあぎゃあ遊んで、ランチしながらかっこいい男の子を見つけて目配せをして――、というのが、なんだか前よりつまらないものに映ったのだ。

ここに。ここにいて。藍莉と向き合って。お菓子を食べたり、おばあちゃんの話をしたり、宿題したり脱線したり、そのほうが、楽しい。楽しいというか、親密な感じがして、なんとなく、いい。

「でも、兄はときどき意地悪になることがあるの。気を許すと特にね。だから、もし拓哉くんが困っていそうなときは、私にこっそり教えて？」

自分の部屋に入ると、藍莉はドアを閉めてそう囁いた。

「意地悪って？」

私はむしろ期待して訊き返す。

「ひどいことを言ったりね。面倒見はいいはずだから、拓哉くんにはしないかもしれないけど……」

私は、私には入ることのできない、標本だらけの部屋を思い浮かべる。あのお兄さんといっしょに、虫を殺したり、それを綺麗な形にしたり――、そういうことをするのがそんなに面白いんだろうか。私にはグロテスクな行為にしか思えない。男子というのは――あのお兄さんはもう「男子」じゃないかもしれないけど――謎だ。

「ちーちゃん、ちーちゃん」

藍莉が甘えた声を出し、私の手を引っ張った。

「三つ編みにして」

ひとつに結んでいた栗色の髪をほどきながら、彼女は床に座った。私はブラシを借りてソファに座る。ふわふわとした髪の毛を指で梳（す）きながら、私はちいさく深呼吸した。

「ねえ藍莉」

「ん？」

「練習って、するとしたら、なにするの？」

彼女は振り返らなかった。でも、ふふふ、と笑ったので、その表情は簡単に浮かんだ。

「きっと、蝶々を捕まえるより楽しいわ」

藍莉は私の思考を読むようにそう囁き、私は彼女の首筋を見下ろして息を吸う。


その日の帰りのバスで、私はひさしぶりに弟の隣に座った。イヤホンで音楽を聴きながら本を読んでいた──ついこの間までゲームしかしなかったくせに──弟は、びっくりした顔でイヤホンを片方外した。

「なに」

「今日はなにしたの？」

「……聞きたいの？　虫の話を？」

私は頷いた。弟は数秒黙り、それから本をしまってイヤホンをぐるぐるスマホに巻きつけた。

「古い標本の箱を開けて、防虫剤を入れ替えた」

「防虫剤？」

「あんまり知りたくないと思うけど」弟はぼそぼそと言う。「標本っても、虫だし。そういうのちゃんとしないと、また別の虫がわくんだ」

私は顔をしかめる。それはたしかに気持ち悪い。

「それで？」

「……は？」

「勉強も教えてもらった？」

「うん。いや、今日はあんまり。先輩が本読んでる間に、俺は宿題して、でも、そんなにわからないことはなかったから」

「あの人と話弾むの？」

「いや……、基本無口だし。でも、教えるのが上手くて、手先が器用だから、作業見てるだけで勉強になる。なんでも知ってるし……」

そう。私が相槌を打つと、弟は居心地が悪そうに座り直した。

「なに？」

「ただ聞いてみただけ。悪いの？」

「別に」

弟は答えてから、かすかに不思議そうな顔をした。

「なんか姉ちゃん、あの人と似たような匂いするな、甘い」

そう？　私は可笑しくなってくる。どうやったらこうなるか、あんたは知らない、と思う。

――ぜんぜん、たいしたことじゃないでしょう？

藍莉は終始笑っていた。

――私たちがやってるのは、おままごとみたいなものなんだから。ごっこ遊び、それだけよ。

「拓哉は？」

「はあ？」

「亜美ちゃんとは会ってるの？」

「なんなんだよ、いきなり」弟はまた音楽を聴くことにしたらしかった。「明日会うよ」

そう言い捨てて耳にイヤホンを突っ込んだ弟を、私は放っておいてやる。付き合って二ヶ月くらいだっけ、まだなんにも進展してないでしょう。そう言えば、真っ赤になって怒るにちがいない。

おなじバス停でバスを降りる。おなじ玄関で靴を脱ぐ。グリフィン家じゃないので、私たちは靴を揃えない。おかえり、とおばあちゃんが言う。家の中はカレーの匂いで満ちている。ただいまあ。私と弟は靴下を脱いでカゴに放り、順番に手を洗った。虫いじったんだからちゃんと消毒しなよ、と、今日は言わない。弟はまだどこか警戒しているような空気を発しているが、あえて指摘はしてこない。

私は鏡と向き合って、ひとりバスルームでふふふっと笑う。


私は藍莉と会うとき、いつもすぐにほどけるひとつ結びで会うようになった。向こうもおなじ。部屋にいるときは髪をほどき、最後にお互いの髪を結って終わる。グリフィン家ですっかりくつろげるようになり、たまに昼寝までするようになった。弟より後に家を出ることもあったし、私がそうなると、弟も対抗することはなくなった。

すっかり大人になった気分でいた私の余裕は、だけど、ちょうど回数券の最後の一枚を使った日に崩れた。

藍莉に頼まれて、一階のキッチンにレモネードのおかわりを取りにいったときのこと。さすがに一人で冷蔵庫を開けるのは初めてで、ちょっとだけ後ろめたさも感じつつ彼女のピンク色のグラスにレモネードを注ぎ、冷蔵庫を閉めたら、そこにお兄さんが立っていたのだ。

気配に気づいていなかった私はちいさく悲鳴をあげた。そして慌てて謝った。ひさしぶりに見た――。いくらここに入り浸っても、この人に会うことはほとんどない。基本的にずっと自室にいるらしく、弟の出迎えに来たのも初日だけだった。あとは廊下でたまに見かけるくらいで、挨拶されたこともない。私は半ばお兄さんのことは忘れていた。弟が行く部屋の主人、という認識で、それ以上でもそれ以下でもなくなっていた。

でも、いざ対面すると、その存在感に圧倒される。髪は前より少し伸びていて、乱れている、といってもいいくらいだった。白いTシャツ、紺色のスウェットパンツ、裸足。私の謝罪にも眉ひとつ動かさず、顎には無精ヒゲまで生えていた。――もしかして、寝起き？　私はびっくりする。もう三時だ。弟が来てから二時間ちかく経っているはず。

お兄さんはカウンターの端のコーヒーメーカーをいじる。どうやらコーヒーを淹れにきたらしい彼を、私はじっと見つめる。ものすごく男らしい人だ、とその背中を見て思った。女の子とは筋肉のつき方がぜんぜんちがう。――藍莉とは。

以前のようにどきどきはしなかった。もちろん美しいのだけど。ライオンとかチーターとか、神々しい動物でも眺めている気分だった。目つきもそれにちかいし。

「あの、弟が、いつもお世話になってます。でも、もし来すぎていたら教えてください。その、寝ているところにまでお邪魔してる、とかだったら」

かまわなければよかったのに。私は悲鳴をあげた自分を誤魔化すみたいにそう話しかけた。寝起きだと指摘すれば、この人も多少は動じるかと思ったのだ。彼はマイペースに自分の作業を終わらせてから振り返り、カウンターに寄りかかって私を見た。視線。

「俺が寝てても、拓哉はちゃんと仕事をする。あいつはなんでもやるし、丁寧で繊細だから、使える。次はアオスジアゲハを、軟化からぜんぶ、ひとりでやらせる」

ゆったりとした低い声で、お兄さんは言った。最後だけ少し笑ったようだった。こぽ、こぽ、とコーヒーメーカーが音を立てる。アオスジアゲハノナンカ。トハ。私は唐突に、最近弟が、朝たまにコーヒーを飲むようになったことを思い出す。砂糖を二杯、ミルクは入れない。マグカップに注いで、神妙な顔でゆっくりと口にする。あら、拓哉ももう大人ねえ。おばあちゃんがからかう。

「影響されやすい子なので。あんまり変なことは、させないであげてくださいね」

口走った途端に、失敗だと自分でも思った。失礼なことを言った。でも、私は混乱していたのだ。自分が藍莉との遊びに夢中になっている間に、弟を放ったらかしにしていたことに気づいた。しかもこの人に預けて。化け物みたい、と言ったのは拓哉自身ではなかったか。お兄さんはすぐには反応せず、コーヒーをマグカップに注ぐ。砂糖を二杯、ミルクは入れない。私は悪い夢をみているような気分になる。

「あんたこそ、藍莉と部屋でなにしてるんだ」

「――っ」

コーヒーを一口飲んでから、お兄さんは変わらない口調で言った。私は短く息を吸う。切手。切手を――、見たり、宿題をしたり。私は顎をひき、平気な顔でそう言おうとする。

藍莉ならそうすると思った。あるいは、ふふ、と笑ってはぐらかす。でも、そもそも私の答えに興味がなかったらしいお兄さんは、コーヒーメーカーのスイッチを切るとマグカップを持ってカウンターを離れた。

「なんでもいいけどな。あいつはよく嘘をつくから、気をつけたほうがいい」

私の横を通りながら、お兄さんは静かに言った。いちいち人の心を抉(えぐ)るような口調で喋る人だと思った。彼が立ち去った後に一瞬だけ、砂糖菓子のような藍莉の香りとはちがう、もっと植物っぽい、あるいはスパイスのような、男の人が発する匂いがした。私はこれすら嗅(か)いだことがある――。自分の部屋で。私と弟の部屋で、夜に、一度だけ。なんだろうと不思議に思った。あれはいつのことだった――。

「ちーちゃん？」

振り返ると、藍莉が立っていた。

「ずいぶん遅いと思ったら、どうしたの――」

私は彼女が言い終わらないうちに駆け寄って抱きつく。首筋に鼻先をくっつけると、よく知っている香りが自分の一番奥まで届いて安心した。「どうしたの？」藍莉が心配する声になる。藍莉、藍莉、藍莉は――。

「藍莉は、私に嘘ついたことなんかないよね」

私は彼女の両肩に手をかける。細い。藍莉は目を見開く。茶色の瞳。

「どうして私が、ちーちゃんに嘘をつくの」

ううう、と私は声を漏らす。なににこんなに動転しているのか、自分でも頭が追いつかない。ちーちゃん、どうしたの、泣いてるの？　藍莉の右手が、頰にかかった私の髪を撫でつける。私は彼女から離れて自分の顔を両手で覆う。

「栗栖になにか言われたの？」

私の肩を抱いて藍莉が囁く。私はなんて言えばいいのかわからなかった。言葉だけじゃないのだ。さっきのは。いろんなことが。いっぺんに。

「叱ってくる」

藍莉の腕がゆるむ。私は慌ててその手を摑んだ。

「ちがうの。藍莉、行かないで」

彼女は振り返り、私の瞳を覗き込むように見た。「わかったわ」そう言って額に唇をつける。私はなんとか落ち着こうと息を吸う。

「座って、ちーちゃん。大丈夫だから」

キッチンの端っこに二人して座り込み、私は藍莉に抱きしめられる。練習するとき、私たちはいろんなシチュエーションを想定して、どちらがリード役かを決めて遊んだ。これは初めてのキスね。これは三回目のデート。片思いしている相手に。嬉しいときの。悲しいときの。いまは慰めるときだった。藍莉が柔らかい手つきで私の髪を撫でる。親指で涙を拭い、目蓋（まぶた）の上にも唇をつけた。私は目を閉じ、何度も深呼吸して、ここは安全だと思い込む。虫も化け物もやってこない。女の子しかいない。怖いことはなにもない。

「大丈夫よ」

藍莉の声、息遣い。

私たちは、恋をしているわけではない。遊んでいるだけだ。犬や猫が互いの顔を舐め合うように。でも、これで楽しい。優しい。安心する。肌が触れ、指が絡み、髪の感触を夜にも思い出すようになる。

なんにも嘘ではないし、ぜんぶ嘘といえば、嘘だ。

こんなに夢中になってはいけなかった、気がする。

なにやってるんだ、と問われて、答えられないような類の遊びなのだから。

私は彼女の腕の中でぼんやりした。友達の。友達の感触を、こんなによく知っているのは、おかしなことだろうか。麻痺していた感覚が、呼び起こされたように戻ってきた。私はゆっくりと藍莉から身体を起こす。涙は止まっていた。

「ありがと、藍莉」

私は目の前にいる、美しい女の子に言う。

「ねえ、思ったんだけど、練習は、もう終わりにしよ」

藍莉は目を丸くした。それから表情を曇らせて、「どうして?」と甘えた声を出す。「どうしても」と私は返す。彼女はおもちゃを取り上げられた子どものような顔をして唇を嚙んだけど、やがてちいさく頷いた。

「わかったわ」

私は自分の右手首にあるゴムで、髪をひとつに結ぶ。立ち上がると一瞬ふらついた。ダイニングテーブルを振り返り、そこで藍莉とクロエのシュークリームを食べた日のことを、何年も昔のことのように思い出した。

「帰らないと。――拓哉連れて」

私はつぶやく。藍莉がレモネードを飲み、ああ、と甘く息をつく。

私と弟は、どちらもロフトベッドなので、眠るときは梯子を登る。電気を消すのは後にベッドに上がったほうだと決まっている。その日は弟の役目だった。「消すよ」と弟は言う。寸前まで読んでいた小難しそうな本の影響か、疲れたような低い声で。ふっと部屋が暗くなる。

「……ねえ拓哉」

仰向けに寝転んでいた私は、視線だけ左に向けて口を開いた。

「なに」

「あんたも、今日で回数券使い終わったでしょ」

「……うん、まあ」

「なら、しばらく行くのやめなよ」

「はあ?」弟もこっちを見た、気がした。暗いからわからないけど。「なんでだよ。やだよ」

「うちら、おかしいよ。人の家にこんなにしょっちゅう行って。もうやめようよ」

「なんで姉ちゃんが友達とケンカしたからって、俺まで付き合わなきゃいけないんだよ」

「ケンカなんかしてない」

「……泣いただろ、今日。突っ込まなかったけど、目赤いからわかったよ、バス乗るとき」

「あれは藍莉のせいじゃない」

「じゃ、なに」

「あれはあんたの――」

私は言いかける。「……俺?」弟が訝しげな声を出す。私は自分の額を押さえた。

「お兄さんが」

「先輩? に泣かされたの?」

「あんた、あの部屋でいったいなにしてるの」

弟は黙る。私は、拓哉の顔が見えないことが、急に怖くなった。

「……なにって」

「あんた、ときどきあの人とおなじ香りがするの、気づいてる？」

「そんなの姉ちゃんもだろ。人の部屋に延々いればそれくらいつくって」

「ちがう、私は――」

私たちは。あなたには言えない遊びを。繰り返していたから。おなじ香りに。染まってしまっただけで。それはつまり。

「……なんだよ？」

「あの人に、なにかされてない？」

「さっきからなんの話してんの？」拓哉は苛ついた声を出した。「姉ちゃん、友達になんか変なこと吹き込まれたんじゃねえの。先輩言ってたよ、妹はよく嘘をつくって。彼氏とも毎回それでだめになるって」

「――彼氏？」私はどきりとした。「がいるの？」

「いや、いまは知らないけど。姉ちゃん、いないって言ってたじゃん」

「いたことがあるの？」

「だから知らないって。先輩の口ぶりからすれば、なんかいっぱいいた感じだったけど。

あんなん、明らかにモテそうだし」

嘘だ、と私は言いかけた。——なにが？　どれが？　だれの？

兄はときどき意地悪になるの、と藍莉は言った。妹はよく嘘をつく、とお兄さんは言った。信じるべきは、藍莉の言葉だ。だって彼女は私のクラスメイトで、友達なんだから。

……本当に？　だって、それだって、この夏休みに始まっただけの関係だ。

喉が渇き、自分が横たわっている暗闇がさあっと濃くなった気がした。この夏の出来事ぜんぶが信じられなくなって、自分の身体にも、弟にも、手が届かなくなったみたいだった。

グリフィン兄妹は。あのふたりは。私たちで、なにをしていたのか。

ずっと。

「ねえ、あんたは、あの部屋で……」

私は言いかける。自分と藍莉がしていたような遊びを、弟がしているところが一瞬だけ浮かんだ。目をつむる。

「——拓哉は、あの家に行って、あの人に会ったこと、後悔してない？」

弟は、三秒くらい沈黙してから、してないよ、とゆっくり答えた。どこか幼く、それでいて、私の聞いたことのない声で。

「拓哉」

「……なに」

「アオスジアゲハの標本を作るの？」

「そうだよ。いま途中」

「教えて」

「なにを」

「どうやってやるの？　私、怖がらないから、ぜんぶ教えて。今日はそれで寝る」


「——先輩がくれたんだ。アオスジアゲハ。三角紙に入ってるやつ。捕まえて死んだやつとかだったら、まだ翅（はね）とか普通に開くんだけど、もう乾燥しちゃってたから、軟化から始めなきゃいけない。軟化って、そう、軟らかくすんの。綺麗な形にできるように。濡らしたペーパーをタッパーに詰めて、ちっちゃいすのこみたいなの置いて、その上に蝶を載せてフタしてしばらく置いておく。注射器で、胸部に少しだけ熱湯を入れる。軟化したらやっと展翅（てんし）できるようになる。翅を展開って書いて展翅ね。展翅板っていって、それ用の道具があって、桐（きり）でできてて……。二枚の木の板が、真ん中にちょっと間あけて並んでる台みたいなやつ。で、その真ん中の溝に、ちょうど蝶の胴体がくるようにして置く。胸部の中心あたりに虫ピンって針を刺すんだけど、これをうまくやるのが難しくて、俺はいつもやり直しになる。ここでちゃんとしないと翅の高さが左右おなじにならなかったりして、綺麗にならないんだ。最初にどこを刺すかが大事なんだって。展翅板の上にうまく配置できたら、翅を広げる。展翅テープっていう、なんか習字の半紙みたいなテープを板の上に、溝と平行に留めて、それで広げた翅を固定する。つまり、板とテープの間に翅を挟む。最初は左右非対称になってる翅を、ちぎらないように丁寧に、ピンセットとか針とかで少しずつ広げていく。俺は右利きだから左側からやる、先輩は左利きだから逆。まずは前翅、後翅、広げたらテープにマチ針を刺して形を固定する。翅には刺さない、テープを板に固定して、その間にある翅を整えるんだ、わかる？　蝶はなるべく傷つけない。最初はくたってしてる、ただの死骸が、だんだんちゃんと標本の形になるんだ。翅が済んだら触角。これも難しいんだよ、力入れると折れるの。でも、これが綺麗じゃないと気が抜けた感じになるから、できるだけまっすぐにして、これも展翅テープの下に入れて固定する。最後に腹部の高さを調整して、針を土台にして支えておく。ここまでやって乾燥。日本だと一ヶ月ちかくかかる。もっと湿気のない国だったらよかったのにな。乾かしてる間もときどき形を確認して、必要があれば直す。それで乾いたら、マチ針をぜんぶ外して、虫ピンはそのままで、標本箱に移すんだ。前も言ったけど、ちゃんと保管しないと虫がわくから、防虫剤と防カビ剤も入れて、ラベルをつけて完成。……あの人の作品は、すごいんだよ。

どれも世界に一匹しかいない、魔法から生まれた蝶に見えるんだ。夜、月の光の下で放てばそのままふわって舞っていきそうな、それで最後は粉々になって消えそうな、そういう標本なんだよ……」

　週末に藍莉から電話があって、来週、つまり、夏休み最後の週は会えないのという話をされた。お母さまがオーストラリアに行くの。メルボルン。私か兄かどちらかが同行しなくちゃいけなくて、私たちはどちらも行きたくなかったからちょっとしたゲームで決めることにしたのだけど、私は兄に負けてしまったの。だから、ああ、寒いでしょうね、向こうは。憂うつだけど行ってくるわ。おみやげはきっと学校で渡すから、千夏ちゃんも、残りの休みを楽しんでね。

　受話器越しに彼女の甘い声を聴きながら、彼氏の話を振ってみようか、私は迷った。でもできなかった。よく考えたら、彼女が「いない」と答えたわけではない。本気のキスをしたことがない、と言っただけだ。あとは私の思い込み。どうして私が、ちーちゃんに嘘をつくの。あの台詞だって、嘘をついていない、という意味にはならない。もはやマギーさんの話だって、切手を集めているという話だって、どこまで本当なのか怪しく思えた。

嘘みたいに美しい兄妹が遊んでいたゲームの中身なんて、私にはきっと理解できない。

でも、その後もグリフィン家に通っている弟によれば、藍莉がいないのは本当らしい。お母さんもいない。平日の昼間はお兄さんしかいなくなったわけだから、弟はますます入り浸っている。

花火大会に行くか行かないかをめぐって亜美ちゃんとケンカした弟は、最初の彼女といとも簡単に別れてしまった。でも、なんのダメージにもなっていないことは明らかだった。拓哉の世界は、すでにそんなところには、ない。夜、弟の寝息に耳を澄ませながら、私はあの日に聞いた、標本の作り方を繰り返し思い出す。胸の中心に刺す針、ちぎらないように広げられる翅、自分の思うとおりの美しい形になって飾られる蝶々、ちゃんとしないと虫がわくんだ……。

朝起きて、鏡を見て、髪を結ぶ。右頬に見つけたにきびを潰し、手を洗ってから、指先で自分の唇をなぞる。生きていくことはグロテスクだ。弟の飲むコーヒーの香り、体調を崩して伏せった祖母の咳の音、未完成で放置されている編み物、いつかの記憶を閉じ込めた切手帳。

この夏、私はキスが上手くなり、虫を殺せるようになった。

それだけでまあいいかなと思う。

宵闇の山

最初はもちろん単なる遊びで、肝試しにちかかった。

俺たちは小学四年生だった。八月半ばの夏祭りの日、五人とも親に掛け合って「花火が終わる七時半までは神社にいていい」という許可をもらった。だが、張り切って昼すぎから祭りに行った結果、サツキ以外の全員が五時には小遣いを使い切った。

「お前あといくらあんの」

シュウに訊かれ、「五百円」とサツキは答える。

「じゃ、百円貸して」トキヤが目を輝かせた。「俺、型抜きして増やして返す」

最近はもうないらしいが、当時は、薄いちいさなガムに飛行機とか馬とかの模様が彫ってあり、針でそのとおりに型を抜くことに成功したら模様の複雑さに応じた金額をもらえる、という露店が夏祭りには必ずあった。ガムは一枚百円で、俺たちはみんな挑戦しては散っていたが、トキヤは一度だけコマの型抜きに成功して百円を三百円にしたことがあり、仲間内から賞賛の的になった。

とはいえ、三十回やったうちの一回、みたいな確率だから、明らかに損なんだけど。

馬鹿な小学生だったのだ。サツキはにこにこ笑って「いいよ」と百円を渡した。のみならず、残りのメンバーにも百円ずつ配った。ヤマトはトキヤにつられて型抜きに挑戦し、すぐに失敗した。シュウは冷静に「どうせ成功しない」と考えたのか、さっさと焼き鳥屋でつくねを買った。ほぼ百パーセント損する型抜きに挑（いど）むくらいならなにか食ったほうがマシ、というのは正しいが、それではサツキから借りたのではなくて一方的にもらったことになる。

当時の俺は、そこまで細かいことを考えていたわけではない。だが、なんだか納得いかないなあと思っただけだ。

「ミナミ」

サツキに百円玉を差し出され、俺は「いらない」と答えた。え、と相手がきょとんとした顔になり、同時にトキヤが「あー！」と大声をあげた。ガムが割れたのだ。「サツキ、もう一回」トキヤは悔（くや）しがり、また百円を欲しがった。サツキは勢いに呑まれて俺に渡そうとしていた百円をトキヤにやった。

「五百円のにしろよ」とシュウがけしかける。「そうしないと取り返せないだろ」

ヤマトが「たしかに！」と言って、トキヤは言われるがままさっきよりも難易度の高い型を選ぶ。サツキはぱちぱちとまばたきをしてそれを見守っていた。俺はなんだか馬鹿らしくなって、りんご飴の木の棒を噛（か）んでやつらを見守った。

俺は、サツキのことがあまり好きではなかったのだ。

鈍臭(どんくさ)くてお人好しで、いつも損な役回りになるのに怒ることがなく、にこにこしている。身体(からだ)が弱くてよく体育を見学している。放課後みんなで遊ぼうとしたらいなくて、捜すと図書室にいたりする。女みたいな名前なのも気に入らなかった。自分もそうだったからかもしれない。

一学年に二クラスしかないちいさな小学校で、友達なんて選びようがなかった。子どもというより親同士の繋(つな)がりで気づけば五人組になっていたが、俺はサツキが一番合わないと感じていた。

トキヤはひとりで三百円を使い、もちろん三回とも失敗した。とうとう所持金がゼロになった俺たちは、つまんねえの、という顔で境内(けいだい)をうろちょろした。暗くなってから遊ぶのを楽しみにしていたのに、明るいうちに使い果たしてしまったのだ。

「そうだ」

提案したのはヤマトだった。

「裏山行かね？　あそこさあ、暗くなってからのほうが怖そうじゃん」

夏祭りの会場である神社から歩いて五分ほどのところに、俺たちが「裏山」と呼ぶ山はあった。というか、その山の神さまを祀るための神社が祭りの会場だった。だから山の入り口にも石造りの鳥居があり、草土にほとんど埋もれている階段――高さは十センチほどしかなく、踏面は一段一段が踊り場のように広いので、定期的に段差のある登山道、といったほうが正確かもしれない――を登っていけば、注連縄のついた大きな岩もあった。暗闇だと少し光って見えるような白っぽい色。注連縄には紙垂がついていて、その名称も意味も知らなかった俺たちは、その「白いひらひら」を漠然と怖いものだと認識していた。その岩から先に階段はなく、しかしそれでも無理やり斜面をあがれば、ちいさな石の塔がいくつか並んでいる場所に行き当たる。なにか字が彫られている石碑もあるが、摩耗していて読めない。だれかが「ばあちゃんが墓だって言ってた」と言い、俺たちの中ではそれがどうしてか「呪われている」ということになった。

　普段はなんでもない遊び場だった。階段の周辺は比較的平らな部分もあり、かくれんぼや鬼ごっこにちょうどいい。虫捕りにも絶好の場だ。だが「大岩の向こう」は、ひとりで行ってはいけない。特に曇りの日や夕方には。

　もちろん夜なんて論外だった。

　現実的な問題として、夜は危なかった。足元が暗くなり、いろんな虫が活動し、ヘビもいればタヌキが出る可能性だってある。だが、親のいないところで親の知らないことをする楽しさを少しずつ覚えているところだった俺たちは、ヤマトの提案にあっさり乗った。

境内でやることもなかったし、せっかく暗くなっても外にいられるのであれば、夜らしいことをしたかった。それが多少怖いことでも。いや、だからこそ。

顔見知りの大人たちに見咎められないようにこそこそと境内を出、裏山の入り口に立つ。六時少し前、日没まで四十分ほど時間があった。「暗くなったら危ないかもね」とサツキが言い、「怖いのかよ」と俺は笑った。もちろん、実際には俺が一番怖がりだったのだ。次はシュウ。ヤマトは無頓着で、トキヤは、少なくとも周りに同級生がいるときは絶対に怖がることはなかった。

俺はサツキも怖がりだと思っていたが、本当はちがった。いま振り返れば、お化け屋敷やホラー映画への反応からして、一番平気だったのではないかと思う。「明かりが見当たらないから陽が落ちた後は困るだろう」くらいの意味で言ったのに、俺が先走って嘲ったせいで、だれも引き返せなくなった。

トキヤが先頭、ヤマト、シュウ、俺、サツキの順番で歩いた。鳥居の脇に「夜間立ち入り禁止」の立て札があったが気にせず通り抜ける。日陰の冷たさを一瞬だけ肌に感じた。「もしかして、ここから花火見えるんじゃね?」とトキヤが思いつき、「特別席じゃん!」とヤマトが興奮し、「特等席だろ」とシュウが突っ込んだ。俺は終始無言だった。いつもは家に帰っている時刻に、裏山にいる不思議。セミが縄張りへの侵入者を威嚇するように鳴き喚いていて、夏祭りの喧騒が遠くなる。蒸し暑かったが、前日の夕立の気配が地面だけにはまだかすかに残っていて、重なった葉の下は湿っていた。俺は足を滑らせて転びかけ、シュウが振り返って「なにやってんだよ」と笑う。ついた右手の傍にダンゴムシを見つけてぎょっとする。「大丈夫？」というサツキの声は無視した。

　夏の夕方の匂い。

汗と太陽、濡れた土と木の皮、さっきまでサツキが食っていた綿あめの甘い香り。ムカデがいるとシュウが騒ぎ、ヤマトが面白がって踏み潰す。トキヤは拾った木の棒を気に入って武器代わりに振り回している。俺はもう転ばないように足元を見ながら歩いた。ふと気配がないことに気づいて振り返ると、サツキが立ち止まってリュックの中を漁っていた。「おい」俺は苛ついた声を出す。「なにやってんだよ」あ、とこっちを見上げて、サツキがぱたぱた駆けあがってくる。俺はすぐに前を向いた。サツキは息を切らしながら言う。

「ペンライトがあるかどうか、確かめてた。ミナミもなんか持ってる？」

「いらないだろ、そんなの」

「暗いと困るよ」

「ビビり」

　俺は言い捨てる。なにも返ってこないからヤバいと思って振り返ると、相手はきょとんとした顔をしていた。なんだよ。俺は拍子抜けして前を向く。

まったく勝手なガキだった。

あのときはまさか、夏祭りの夜、裏山から花火を見ることが恒例行事になるとは思っていなかった。

ビーチサンダルで滑らないように歩き、変な虫を踏まないよう、周囲に自分が怖がりだとバレないよう、裏山でなにも恐ろしいことが起きないよう、頭にはそれしかなかった。

未来のことなんて、なんにもわかっていなかった。


待ち合わせは、いまでは裏山の鳥居前になっている。

小学校を卒業するまでは五人で露店を回り、そのまま裏山に行って花火を眺めるというのを繰り返していたが、中学にも入るとぼろぼろと彼女ができ始め、夏祭りという、田舎での一大イベントでわざわざ男友達を優先するのが難しくなった。花火だけはいっしょに見るということになり、待ち合わせ方式は中一の時点で始まったものの、その後メンバーは欠けていく一方だ。俺ももはや、自分がどうしてここに来るのかわからない。

今年はだれも来ないかもしれない、と思う。

だから鳥居の前に立つと、いつも心がざわざわとする。待ち合わせは六時半だが、俺の腕時計は壊れていて正確な時刻を示さない。でも七時すぎには花火があがるわけだから、少なくともそれまでは待っていよう、という気になる。それでもだれも来なかったら、今年はひとりであの「秘密基地」に行き、花火を見て、それで終わりにしよう、と。

だが、やがてサツキがやってくる。いつものように。細い縦縞の入ったシャツに細身のジーンズ。トキヤやヤマトとちがって髪は染めていない。目が合うと、子どもの頃から変わっていない、穏やかな笑みを浮かべる。

「ひさしぶり」

「——ひさしぶり」

俺はゆっくり息を吐いた。さっきまで思い出していた、十歳の頃の記憶がまだ頭の中で再生を続けている。俺は口を開く。

「まさか、俺たちだけになるとは思わなかったよな」

塾の帰りらしく、でかいトートバッグを肩にかけた相手は、首をかしげた。

「俺はヒマだし、お前は律儀だから」

逆だろ。そう思ったが、口にすることなく鳥居をくぐった。こんなところで話し込めば道行く人に不審に思われるからだ。サツキが隣に並ぶ。五人の中で一番背が伸びたサツキは、縁の細いメガネをかけ、高二とは思えないほど落ち着いた雰囲気を漂わせている。頭のよさそうな感じが好きな女子からはさぞモテそうなのに、なぜこいつがいまだにここに来るのかわからない。

「さっきまで、最初のときのこと、思い出してたんだ」

自分の足元を見つめる。地面は乾いているらしい。顔をあげると、伸び放題の雑草に覆われた階段のずっと先、ここからだと拳大ほどのサイズにしか見えない岩がある。

「四年のときの？」

「うん」

「けっこうな冒険だったよな」

「お前は一番落ち着いてただろ」

「そう？」

「あの頃は」俺はちらりとサツキを見上げる。「俺、お前のこと苦手だった」

予想どおり、サツキは驚いた様子も、悲しそうな顔もしなかった。ははは、と爽やかに笑い、「まあ、俺たち別に、意気投合して集まったわけじゃなかったもんな」と頷く。

「家が近所で、親同士も顔見知りでって感じで、性格もばらばらだったし」

「ばらっばら」

「──俺には、ミナミは、だれのことも苦手にしてるように見えたよ」

俺は自分の両手を見下ろしてちいさく笑う。

「そうなんだろうな、たぶん」

サツキがこっちを見た気配がしたが、俺は目を合わせず、た、た、た、とテンポよく階段をあがった。振り返る。サツキは立ち止まったままだ。坂の下に神社がある。参道に並ぶ露店の派手な看板、境内に設けられた盆踊り用のステージ、それを照らすいくつもの朱色の提灯（ちょうちん）。どこかで子どもが泣いているのが聞こえる。

「いま、何時」

サツキは三秒ほど動かなかった。それから腕時計に視線を落とし、「六時三十七分」と答える。そ、と俺は返し、また前を向いて上を目指した。ミナミ。サツキがそう呼んで追いかけてくる。


岩の前で全員が立ち止まった。

立派な注連縄と「白いひらひら」のついたそれには原始的な神聖さがあって、夕暮れに見るとやはり怖かった。当時の俺の身体の倍くらいのでかさがあったのだ。「白いの、新しくなってるね」サツキがのんびりとした声で指摘する。紙垂は夏祭りに合わせ、神社の人によって新しくされていたんだろうが、当時はそれすらも不気味だった。紙が定期的に生まれ変わっているみたいで。

「だんだん暗くなってきたな」

シュウがつぶやく。「喉乾いた」とヤマトが言い、俺は一瞬下に戻ることを期待したが、「お茶ならあるよ」サツキがペットボトルを出したのでヤマトは満足してしまった。余計なことを。トキヤは木の棒で注連縄をつつき、階段の途切れたその先の、黄昏時が夜に変わるときにだけ生まれる赤っぽい暗闇を見つめた。

「この先に行ったらさあ、戻れないかもな。どっかに連れ去られんの」

トキヤがにやりと振り返り、ヤマトは笑った。シュウは「やめろよ」と眉を寄せ、俺は無言を貫く。「僕、ペンライト持ってるけど、ほかにもだれか持ってる？」サツキはどこまでも現実的な心配をし、「暗いほうが楽しいじゃん」とヤマトが見当ちがいの反応をする。

「行くぞ」

トキヤがそう言えば、ついていくしかなかった。

階段の先はあまり整備されていないので、雑草も枝も伸び放題になる。これまでよりもやや急になった斜面を滑らないよう気をつけて登っていく。「転んだら置いてくからな」とトキヤが言い、俺はそれが自分に向けられたものではないことを祈った。木々の密集度があがり、時計の針を早回しにしたように、急に空が暗くなった気がした。祭りの会場が馬鹿に明るいおかげで足元が見えないほどにはならないが、それでも寄せる波のように一気にやってきた夜は素早く辺りを包み込み、俺を心細くさせた。戻れないかもな。トキヤの言葉を信じたくなくて神社のほうを振り返ると、サツキと目が合ってにこにこされる。俺はすぐに前を向く。

「蚊に刺された」

「俺も俺も。虫除けスプレーしたのにさ」

「汗で流れたんじゃね」

「ここからでも屋台の匂いすんね。焼き鳥っぽい」

「お菓子持ってくればよかった、腹減った」

「ポッキーならあるよ」

「サツキってなんでも持ってるな」

「来年は山ほどお菓子持ってこようぜ」

「来年もやんの？」

「ここから花火が見えたらな」

「なあ、カブトムシいたら教えて、連れて帰るから」

「見えないだろそんなん」

「ってか、なんでいきなりセミ静かになったの？」

「セミはふつう、夜は鳴かない」

「寝るってこと？」

「――ほら、塔だよ」

サツキが言った。俺たちはまた一斉に立ち止まる。「うわ」ヤマトが足を滑らせてトキヤの腕に摑まった。

石塔は、だいたいどれも高さが一メートルくらいで、十本ほどがなんの規則性もなく斜面に並んでいた。なにかそういう植物みたいに。あるいは石灯籠のようにも見えた。比較的ちゃんとした形のものは、土台の部分の石が四角でその上に丸っこい石があり、一番上には三角屋根のような石が置いてあるから。だが、ただでかい石を積んだだけなんじゃないかと思われるものもある。

「この先行ったことある？」

トキヤが振り返る。

ない、と俺たちは口々に言った。注連縄の岩が第一関門だとすれば、石塔は第二関門のようなものだった。石塔の先はもはやただの山で、道もわからない。

「あるよ」

唯一サツキだけがそう答えた。俺は驚いて振り返る。

「一度だけね」

「だれと？」

　シュウに訊かれて、サツキは少し困った表情になったが、「ひとりで」とつぶやいた。
俺は思わず「嘘だ」と言っていた。
「お昼、まだ明るい時間だよ。森が出てくる本を読んだ後で……、行ってみたくなって。
大丈夫だったよ。この先には変な石とかはもうない。ちょっと歩きにくいから危ないかも
しれないけど。でも、花火はきっと見えるよ。中央公園のほうはよく見えたから」
花火が打ち上げられる場所がその公園だった。「どっち？」トキヤが訊く。サツキが右
手で、石塔の先を右に曲がるように指し示す。
「行くぞ」
　トキヤは木の棒をそっちに向ける。
　石塔の間を抜ける。わーいと無邪気にヤマトが続き、シュウは一度こっちを振り返った
が、しかめ面でついていった。俺も後を追う。ぬるい風が頬にあたった。汗ばんだ肌が痒
い。俺も蚊に喰われたのかもしれない。俺は跡を掻きすぎて足を血だらけにすることがよ
くあった。足元で枝の折れる音がする。せめてスニーカーを履いてくれればよかった。裸足
に草木がちくちくする。
「コオロギの声がするねえ」
　サツキが楽しそうに言ったが、虫の鳴き声や羽音はそこらじゅうからして、どれがなん
なのか俺にはさっぱりわからなかった。

あの頃怖がっていたもののほとんどは、もう怖くなくなった。だけど怖いものが減ったのかはよくわからない。対象が変わっただけという気もする。虫が飛んでいてもどうでもいいし、大岩に近づいても緊張しない。俺は半ば走るように階段をあがり、あの日とおなじように岩の前で立ち止まった。少し遅れて、やや息を切らしたサツキが隣に並ぶ。

「なんでそんなに急ぐの」

サツキは額に浮いた汗を拭い、トートバッグから取り出したペットボトルのお茶を飲んだ。

「最近、トキヤとかと会った？」

俺は訊く。この先に行ったらさあ、戻れないかもな。あいつの声がよみがえる。そうなってしまったんじゃないか、と思うことがある。あの夏の日、俺たちはみんなどっかに連れ去られて、限りなくリアルにちかい夢幻の世界を生きていて、そうと知らないままずっと過ごしている。

「二週間くらい前、お店には行ったよ。あいつはいなかった」

「おばさんに会ったの？」

「うん。赤ちゃんおんぶしてた」

「トキヤの？」

そうだよ。サツキの声に、なにかを揶揄するような色はない。

トキヤは高校には進学せず、隣町の専門学校に入学した。家がそこそこでかいレストランで、将来は後を継ぐことになっているので、調理師免許を取りにいったのだ。だが、中学生の頃からモテていたあいつは行動範囲が広くなったせいかますます遊び回り、十六歳にして、二歳上の彼女を妊娠させた。彼女は実家を追い出されてトキヤの家に転がり込んだ、ところまでは知っていたが、無事に生まれたということらしい。

「なに。あいつ、ケッコンするの？」

異世界の言葉みたいだと俺は思った。幼馴染がケッコン。チチオヤになった。

「卒業したら、たぶん。そうしないと家を継がせてもらえないらしい」

「トキヤのおばさん怖いもんな」

そうだね、とサツキは微笑した。俺が最後にトキヤを見たのは三年前で、童貞を捨てて大喜びしていた。ふわふわの茶髪、あけたばかりのピアスの穴、先輩にもらったカーディガン。チャラかったが、子どもと遊ぶのは上手だった気がする。弟も妹もいて、よく面倒をみていた。

「ヤマトは？」

「たまにそこらへんで会う。家が近いから。髪型がころころ変わって、どんどん日焼けして、でも楽しそうだよ。うちの親同士はいまでもわりと会ってる。——シュウは」こちらが訊くよりも先にサツキは続けた。「もうこっちには帰ってこないんじゃないかな」

ヤマトは農業高校に進学し、農業技術科で野菜を専攻している。シュウはばあさんが亡くなったのを機に一家で母方の実家がある名古屋に越した。最後にここに現れたのは中三の夏で、花火が始まる前に「こんな田舎はもう嫌だって母さんが言うんだ」と教えてくれた。「俺にはきっともっと都会が合ってるって。そうかもしれない。一生ここから出られないのは俺だって嫌だよ」

ヤマトは「逃げるだけだろ」とシュウを嘲笑った。「お前、彼女もできないし、告白しても振られるし、馬鹿にされてばっかりだもんな。都会に行きたいならさっさと消えろよ」サツキがヤマトの腕を掴み、ヤマトは不機嫌な顔で黙った。シュウは顔を赤くしてしばらく俺たちを睨んでいたが、やがて「秘密基地」を出ていった。最初の花火が始まる前に。追いかけていったサツキはひとりで戻ってきた。そして俺を見て、「ばいばい、って言ってた」とつぶやいた。俺は「うん」と返すことしかできなかった。ヤマトは足元の石を拾っては山奥の闇に向かって投げていた。トキヤはそもそも来ていなかった。

「……そうだろうな」

俺は俯(うつむ)いて笑う。大岩の表面は昔と変わらずすべすべしていて、触れれば冷たいのだと知っている。不思議なことに、夏でも。五人全員で一斉に手をあてたのは小五のときだっただろうか。当時は、それはとても勇気のいる行為だった。

石塔に向かって歩き出しながら、俺は首だけで振り返った。

「サツキは？」

「俺？」

「大学。どっか遠いとこ行くんだろ」

この町の外なら、すべて遠い。

この山が見えない場所ならば。

「受かればね」

サツキの声は柔らかかった。受かるよ、と俺はつぶやいた。どこにでも。

「ミナミ？」

「なに」

「なんか考えてる？」

俺は自分の壊れた腕時計に視線を落とす。なんだろう。足元では遠い記憶を呼び起こすように、無数のコオロギが鳴いている。

　トキヤは気分に任せて適当に山の中を歩いたが、「そっちじゃないよ」とサツキが言えば気軽な様子で従った。俺はそれに不安を覚えた。サツキがひとりでここに来たことがあるというのをいまいち信じていなかったし、たとえ来ていたとしても夜の山の中で正確に道がわかるものかと思ったのだ。

「いま、何時だ」トキヤが訊く。

「六時五十分」シュウが答えた。

「あと十分しかない」トキヤはこっちを振り返る。「この道、ほんとに花火が見えるところに抜けんの？」

「うん、大丈夫。あと少しだよ」

「なんでわかるんだよ」

　俺は思わず言い、ヤマトが「だから、サツキはここまで来たことあるんだって」もう忘れたのかというふうに突っ込んできた。そんなことはもちろん知ってるのに。サツキは怒ることなく「大丈夫だよ」ともう一度言う。

「もうすぐ、枝に黄色いロープがついてる樹が見えてくる。その先に、どうしてかわかんないけど、樹が少なくて、地面もあんまり急じゃないところがあるんだ。あそこならきっと座って花火が見えるよ」

そこまで具体的なことを言われれば、俺に返せる言葉はなかった。「平気だって」シュウが軽く肩を叩いてくる。ヤマトが「黄色いロープ！」と言いながらトキヤを抜かし、トキヤも駆け出す。

それで全員が走った。

俺たちはそういうことをよくやった。全力疾走していると楽しくなってみんな笑った。なんだよ、なんにも怖くないじゃん。シュウがつぶやいた。「黄色いロープ！」トキヤが見つけて振り返る。「そうそれ！」一番後ろにいるサツキが息を切らしながら叫ぶ。

そして、サツキが言ったとおりの空間が待っていた。

トキヤが「一番！」と言ったのでヤマトが「二番！」と続き、シュウが両膝に手をつきながら「三番っ」と呻いた。俺は四番だったが、なにかよくわからない罪悪感からサツキを待ち、歩いてゴールした。もちろん、俺たちが着く頃にはトキヤは順位のことなんてどうでもよくなっている。

「すげえじゃん、ほんとによく見える」

トキヤが木の棒で公園のほうを指して歓声をあげる。たしかに見晴らしのいい場所だった。道のりがもう少しマシだったらちょっとした夜景スポットと言ってもいいくらい。山の斜面は比較的ゆるやかで、視界を遮る木の枝はほとんどない。煌々とする夏祭りの会場、ぽつぽつとした明かりしかない住宅街、いままさに花火を打ち上げようとしている公園も、真っ暗な畑もほのかに光るビニールハウスも、そしてはるか先にある隣町のちいさなビル群まで見えるのだ。

よくできた風景画みたいだった。

自分の住んでいる狭っ苦しい町は、とても広い世界に繫がっているのだと思えた。

「あと五分！　あと五分！」

ヤマトがカウントダウンしながら木登りを始める。「危ないよ」サツキが苦笑して、ペンライトで足元を照らしてやる。トキヤも太い枝に足をかけたが、残りの三人はそこまで付き合う気はもうなかった。地面が湿っているのでシュウは切り株に腰をおろし、俺は突っ立っていた。

「ここを俺たちの秘密基地にしよう。だれにも言うなよ」

トキヤが宣言した。ヤマトたちがきちんと太い枝に落ち着いたのを認め、サツキはペンライトをリュックに戻す。「ミナミ、こっちだよ」腕を引っ張られついていくと、ちょっとでこぼこしているが座れないこともない大きな岩が二個並んでいる。

「――お前……」

俺は思わずサツキを見た。相手が、一度だけ来た、なんてレベルではなくここについて知っている気がしたのだ。が、ふっと盆踊りの音楽が止み、俺たちは全員祭りの会場を、それから公園を見た。

七時になったのだ。


石塔は、もう不気味には見えなかった。なにか不思議な親近感を覚えた。俺たちの生まれるずっと前からここにあって、死んでからもあって、どんどん古くなり、どうしてここにあるのかだれにもわからず、でもあることを許されているもの。

「お前、ここにひとりで来ることある？」

俺はひときわ不恰好な石塔のひとつに手をかざした。

「……たまにね」

サツキは頷いた。

「俺たちが見つける前からときどき来てた？」

「昔？」

「ああ」

「なんで？」

「最初のときもそう思ったんだ、なんとなく。ずっと気になってたけど、言うタイミングがなかった」

「ああ……、あのときは」サツキは苦笑して石塔を撫で、それから俺を見て、ゆっくりと山を奥に進んだ。「猫を飼ってたんだよ」

猫？　俺は訊き返す。俺たちが頻繁に遊んだせいか、斜面は一部が平らになっている。獣道みたいだ。

「入り口の鳥居のところで捨て猫を見つけたことがあったんだ。段ボールに入った、まだちっちゃなトラ猫でさ、飼いたかったんだけど、俺の家、飼えるような環境じゃなかったから。放っておけばいいのになんとなく段ボールを持ち上げて、そのまま階段あがって、森の中なら隠す場所があるんじゃないかってね。でも、あんまりいい場所が見つからなくて、そのままここまで来ちゃったんだよ。それでしょうがないから、もっと奥に入った」

「怖くなかった？」

「怖くはなかった。昼間だったし」サツキは思い出しているような口調で言う。「怖いというより、不思議な感じがする場所だなと思ってた。だからほんとは、行ってみたかったんだろうな。段ボールの中では猫がにゃあにゃあ鳴いてて、かわいいなあって思いながらどんどん進んで。で、秘密基地に出た」

「あそこで飼ってたの？」

「うん。段ボールに入ってた猫缶開けて食べさせて、猫じゃらしで遊んで、遅くなるまでに雨とか風とかが凌げそうなところに段ボール置いて帰った。あの黄色いロープはそこらへんに落ちてたんだけど、俺が結んだんだよ。次の日も行った。だれにも内緒でエサ買って、タオルとか水とかも持って」

「計画的だな」

「どこがだよ」サツキは寂しそうに笑った。「危ないだろ、こんなとこ。実際、一週間くらいでいなくなった」

「猫？」

「ああ。段ボールの中は綺麗なもんだったけど。ヘビとか鳥に襲われたのか、自分でどっか行ったのか、だれかが連れてったのか……。わかんないけど」

俺は見えてきた黄色いロープに視線を向けた。すでにぼろぼろで、色はほとんど不明。だが、隣にはいつかヤマトが持ち込んだ青いTシャツもくくりつけられている。

「それでどうしたの」

「捜し回った。三日くらい、泣きながら。見つからなかった」

「小四のとき？」

「ああ。夏休み入ってすぐくらい」

「知らなかった」

そりゃあ、とサツキは右手でそこらの枝に触れながら言った。だれにも言わなかったよ。

悲しかったもんな。

　視界が開ける。昔は木の枝を並べて入り口を作り、そこから先を「秘密基地」としていた。いまはもうそんな枝の束はない。「あーあ」サツキが感嘆とも呆れともつかない息を漏らして大股で進み、振り返ってこっちを見下ろす。

「ミナミ、どうしたの」

「……今年で」

「うん？」

「終わりにしようと思って、ここ来んの」

　サツキはゆっくりと近づいてきた。夜露に濡れてきらきら光る地面を踏んで。目の前までやってくるとやや腰を折り、覗き込むように俺を見た。花火のあがる寸前の夜空は黒色。

「どうやって？　お前、どうして自分がここにいるのか、知ってんの」


　鳥居の前に六時半。

　中一の夏。俺はそこにぼんやり立っていた。いま何時だろうと思って腕時計を見るとガラスが粉々に割れていて文字盤が見えず、だから正確な時刻はわからなかった。壊した覚えなんてないのに。でもまあ、いいや。待っていればだれか来る。半ば寝ぼけたような頭でそう考えて、夏祭りの喧騒に耳を傾ける。盆踊りの音楽に、足元がぐらつくような感覚を覚える。

知っている声がして振り返ると、神社の方向から四人がやってくるところで、それを見た途端に俺はひどく打ちのめされた。今年から屋台を回るのはばらばらで、となったはずだったからだ。仲間外れにされたのだ——。そう気づき、このまま帰ろうかな、と思った瞬間、サツキがこっちを見て、目を見開いた。

「ミナミ」

ぎゃ、と悲鳴をあげたのはヤマトだった。シュウが顔色を変えて立ち止まる。トキヤは逆に、怖い顔でずんずんと近づいてきて、「は？」と言った。右手が伸びてきて、殴られるかなにかされると思った俺は、ぐっと身をすくめた。だが、トキヤの手が俺に触れることはなかった。ただすり抜けた。

「は？」

今度は俺が声をあげた。遅れてやってきた三人がトキヤの後ろに立つ。

「え？」

俺は混乱した。夢をみている。これはきっと。「お前、お化けじゃん！」ヤマトが声をあげ、シュウが「やめろよ」と低く囁（ささや）く。お化け？　俺はその幼稚な響きに笑いかけ、しかし笑えないことに気づいた。なにかを思い出しそうな。

「俺たち、今日、お前のために集まったんだぞ」

　トキヤが真剣な顔で言った。その手に握られているのは一枚の写真だった。去年、母親たちの思いつきによって全員で浴衣（ゆかた）を着せられたときのもの。こんな格好で山登れるかよ、と俺たちは不満だったが、それを言えば秘密基地のことがバレてしまうので全員黙っていた。けっきょく去年は浴衣に下駄のままで登ったのだ。ヤマトは裸足で木登りをして足の裏にケガをした。すっかり手慣れた俺たちは、レジャーシートに菓子やジュースを広げ、くつろいで花火を見た。

　それは覚えている。

　とても鮮やかに。

「ごめん。俺、なんで自分がここにいるか、わかんない」

　鳥居を抜けて、しばらく黙って歩いた。

　俺が先頭で——もちろん初めてのことだった——、振り返ると、トキヤとヤマト、サツキとシュウがそれぞれ二人で歩いていた。すぐ後ろに足音があっても俺はそれがいまいち信じられず、何度も振り返った。何度目かのときにはみんながいなくなっていて、それで自分も夢から覚める気がした。

　大岩の前に立って、それに手を伸ばす。触れられないと確かめるために。俺は四人を振り返る。トキヤは怒ったような顔、ヤマトは興味津々の様子で、シュウはまだ怖がっていた。サツキはやっぱり落ち着いて見えた――。不思議なことに。ちょっと意外な場所で、ひさしぶりに友人に会っただけ、みたいな表情だった。

俺は交通事故で死んだらしかった。

中学から家に帰る途中。夏休みに入るから、持って帰るものが多かった。それを自転車の前後に山ほど積んでいた。入ったばかりの美術部が楽しくて、俺はそこで手に入れたでかいキャンバスをサドルの後ろの荷台にくくっていた。風が強くてバランスを取るのが難しかった――。それはたしかに、言われてみれば、覚えているかもしれない。

それでよろよろカーヴを曲がっていたところを、トラックに撥ねられたらしい。

「お前、幽霊なのに、ぜんぜん怖くないな」

ヤマトが言って、すかすかと胸のあたりをパンチしてくる。「やめろって」シュウがつぶやき、「痛いのか?」とトキヤが訊く。俺は首を横に振った。なにも感じない。

「お盆だからかな」

サツキが言って、みんなが、そうかも、という顔になった。お盆って、祖先の霊が帰ってくるんでしょ? 祖先って、ミナミが? っていうか、なんでここにいんの、親とかに会ったほうがよくね。俺は肩をすくめるしかなかった。

「わかんないけど、ここを離れられる気がしない」

「この山？」

「うん」

「なに、お前秘密基地に住むの？」

「呪われた秘密基地になっちまう」

ヤマトが笑い、シュウが「お前なっ」と声を荒らげる。ヤマトは「なんだよ。かっこいいだろ」と言い返し、トキヤが呆れたように「やめろって」と二人を窘(たしな)める。

「お前が突然いなくなるから、なんかぜんぜん夏祭りって空気じゃなくなって、でもここに集まるのは集まろう、ミナミも連れて、とか言ってたんだよ。そうしたら本当にそうなった」

トキヤの言葉に「よかったね」とサツキが付け足した。うん、まあ、よかった。そういう雰囲気になったことに俺は安堵した。俺たちは前の年と変わらない夜を過ごした。俺だけなんにも触ることができなくて、なにも食えなくて、蚊に刺されることも暑さに文句を言うこともなかったこと以外は。

中二の夏、俺はやはり気づけば鳥居の前にいた。時の経過というものをうまく把握できず、いつもとおなじ盆踊りの音楽を聴きながら、自分が死んだ夏を繰り返しているのか、あれから一年経ったのか、何年経ったのか、まったくわからないまま立っていた。

最初に来たのはサツキだった。

半ば予期していたような顔で、じっと俺を見た。俺が驚いたのは、相手が一気に背が伸びていたせいだった。目線の高さにだいぶ差がついている。

「――何度か来たけど、夏祭りの日以外は会えなかったんだよ」

サツキは言った。俺は俯いた。

「一年経ったってこと？」

「そう。覚えてる？」

「うん、去年の夏祭りのことは」

「それ以外のときは？」

「わかんない。ずっと寝てたみたいな、ただぼんやりしていたみたいな――。ぜんぜん、ちゃんと覚えてない」

そのうちシュウがやってきた。俺を見つけるとかすかに頷いた。わかった、というふうに。サツキと似たようなやりとりをしているところにヤマトが走ってきて、「マジか！」と叫んだ。「復活してる！」

トキヤは六時半に遅れてきた。あいつ、彼女とヤってんじゃね。ヤマトが笑い、俺は自分が死んでから一年ちょっとだということが急に信じられなくなった。カノジョ？　俺は全員に背を抜かされて、ひとり中学一年生――というかほとんど小学六年生――のままなのに？

現れたトキヤは髪を茶色く染めていて、ものすごく機嫌がよかった。「俺、来年からはもう来ないかもしんない！」笑いながら言う。「なんで肝心の花火で消えちゃうのって、マキに文句言われた！」

マキのことは覚えていた。五年生のときおなじクラスで、いつもいろんな色のピンで髪を留めていた。モテていた。可愛いから。あの子が、カノジョ？

「行くぞ」

トキヤがそう言って俺に突っ込んできたので、「うわっ」とヤマトが声をあげた。トキヤが立ち止まる。その場の異様な雰囲気を訝る顔をして。最初に俺が気づいた。目が合わないから。そして次に、サツキが察した。

「トキヤ、ここにミナミがいるの、わかる？」

相手の顔から表情が消えた。神社のほうから和太鼓の音が鳴り響くたび、俺は身体をぐらぐら揺らされているような気になる。

「ミナミが？　いんの？　今年も？」

なんで？

その年は、それでも五人で裏山を登った。途切れがちな会話を、短い糸で無理やり縫い合わせるように繋いで、秘密基地から花火を見た。俺は基本的に聞く側だった。自分自身は去年からなにも変わっていないのだからそうするしかない。来年は来るかわかんね。トキヤは帰り際にそう肩をすくめた。だって、もうそろそろよくない？

トキヤはリーダーみたいなものだったから、次に鳥居の前に立ったとき、今年こそもうだれも来ない、と俺は思った。俺だけが砂時計の中に閉じ込められた異物のように、この時間を繰り返し過ごすしかないのだ、と。

だが、残りの三人は来た。みんなますます背が高くなり、そして今度は、ヤマトが見えなくなっていた。「あのさー」前髪に緑色のメッシュを入れて、パーマをかけたヤマトは、片手で髪をいじりながらへらっと笑った。「お前ら童貞？」

サツキはきょとんとして「ん？」と訊き返し、シュウは顔を赤らめて黙った。ヤマトは鳥居を抜けながら、「トキヤとこないだ話したんだよな」と頭を掻く。

「なんで去年、トキヤだけ見えなかったんだろうなって。なんか変わったっけ、ってさ。で、俺らの結論がそれだったの。ちょうどいいや、俺も卒業したから、確かめてくるわってここ来たらさ、見えねぇんだもん」

ヤマトは振り返り、虚空に向かって手を振った。サツキは苦笑したが、シュウは怒っているようだった。

「なんでお前らの下ネタとミナミが関係すんだよ」

「いやいや、だってよく言うだろ、心霊現象に遭ったときはエロいこと考えれば撃退できるって。幽霊って、ようは死じゃん？　ヤるのは生きることじゃん、めちゃくちゃ」

まあお前にはわかんないかもしれないけど。ヤマトはにやりとシュウを振り返り、睨み返されると目をぐるりと回した。それからサツキを見る。

「サツキ、お前こないだ、うちのクラスの女子のことフッたろ」

隣にいたサツキは短く息を吸った。

「なんで知ってるの」

「そりゃバレるって、すぐ噂になるし。なんでだよ、もったいねぇの」

「いや、あの。お前らの説は、どう考えても穴だらけだ。それでなくても、俺たち元々ばらばらなんだから。去年と今年で変わったことなんていくらでもある、だれだって」

俺にはない、と思ったが、もちろんそんなことは言わなかった。ヤマトはふうんという顔で黙り、まだ怒っているらしいシュウの背中をばんっと叩いて走り出した。シュウは一瞬迷ったが、後を追って走り出した。いつもそうなのだ。俺たちは、だれかが走り出したら、全員で走らなくちゃいけないのだ。そして、走るところまで走ったら、走る前のことはリセットされている。

一気に秘密基地まで駆け上り、思い思いの場所に座った。もうだれも木に登らなくなっていた。そしてけっきょく、シュウは引っ越すことを言い残し、花火があがる前に帰ってしまった。

　去年はサツキとヤマトが来た。ヤマトは相変わらず俺が見えず、しかしいちいちサツキに通訳を頼むのも面倒くさくなったのか、階段をあがる間はずっとひとりで近況報告をした。半ば叫ぶような大声で。秘密基地に到着してからは一転して黙り込み、やがて「ミナミ」と呼んだ。俺はヤマトを見る。相手の視線はサツキに向いていた。

「は、まだ、ここにいるんだよな」

　サツキは「うん」と頷いてこっちを見た。それでヤマトもこっち——だいたい——を振り向いた。

「俺はさ、たぶんずっとここに住んでるし、じいちゃんの畑継ぐし、来ようと思えば来られるし、なんだったらトキヤも引っ張ってくるけど。でも、お前が俺らが来て嬉しいのか、正直わかんねーわ。見えないし」

　俺は言葉を失くしてヤマトを見返した。相手はめずらしく笑っていなかった。去年よりも明るい茶髪で、長くなった前髪はゆるくウェーブがかかっている。それをくるくると指に絡ませては、ほどく。

「あいつも——、シュウも引っ越しただろ。まあクソ田舎だし、出ていくやつは出ていくんだよ。サツキもどうせ、頭いいしな。大学はどっか行くんだろ。でも俺、引っ越して遠くに行くのも、お前がもういないのも、あんま変わんない気がするんだよ。だれとでもまた会える気がするし、でも会えないかもしんないし、それでもここ通ったこととか、アホみたいに遊んでたのは覚えてるし。——だから、まあ、よくわかんないけど」

ヤマトは髪から手を離し、俺の頭上十センチくらいを見つめた。俺も少し目線をあげた。もし生きていて、こいつらとおなじように背が伸びていたら、そのくらいの場所にいたかもしれない、自分。

「どうしてほしいとか、あったら教えて」

——どうやって？　お前、どうして自分がここにいるのか、知ってんの。

「——知らないけど」

そう返して後ずさったのは、向かい合うと背の高さの違いが強調されるからだ。俺の絶対に手の届かない未来。

「お前、どうすんの、ずっと童貞でいんのかよ」

冗談っぽく言えば、「あのな」と相手も苦笑する。

「別にお前のためにそうなってるわけじゃないからな。第一、あの説が正しいかどうかもわからないし」

「間違ってるとも限らないだろ」

サツキはわずかに首をかしげ、まあなあ、と振り返って夜空を見た。ここからの景色はなにも変わらない。ずっと変わらない。

「だれも来なくなれば、俺も普通にジョーブツ、的なの、できるかもしれないし」

「したいの？」

「するのが普通だろ」

地面に直接腰をおろしたサツキが振り返る。したいの、と、その表情でもう一度訊かれた気がした。俺は頷いた。頷いてから、そうなのかもしれない、と思えて、身体の真ん中が震えた。

「この、時計と、いっしょで。壊れたままずっとおなじで。永遠なんて怖いだろ。それにお前だって、こんな面倒くさいこと一生やるわけにもいかない。――一生って、いつまでか知らないけど。サツキ、だってお前、こんなの、現実だって言えないだろ。もうお前しかいないんだ。あいつらもいたらさ、まあみんなに見えるし、話せるし、俺はここにいるって言えるかもしれない。でも、世界でふたりにしか見えない現実なんて、現実だって言えんのか。なんかもう適当な夢なんじゃないかと思えてくる。ずっと――、ずっと幻をみてるだけなのかもしんない、俺。ここで、ひとりで、長い夢、みたいな」

サッキのことが嫌いだった。

俺とちがって、すぐ苛つかない。なにかを頼まれても迷惑そうな顔をしない。親切で、優しくて、頭がよくて、フェアで、穏やかで、ひとりに怯えることもない、俺には絶対になれない、サツキ、だから。

俺が都合よく、こいつがここに現れる幻を、欲しがっているだけで。

「うん、俺もたまにそう思う」

サツキはかすかに笑い、右手を伸ばして、山の下を指さした。俺たちの中学校のグラウンド。

「あの日、俺、お前のこと見てたんだよ。駐輪場って教室から見えただろ。よくチャリにあんなに積めるな、って思ってた。でもキャンバスもあったから、ちょっと嬉しかったんだ。お前、ほとんどだれにも見せてくれなかったけど、たまに絵描いてただろ。俺、あれけっこう好きだったから。夏休みになんか描くのかなって思ってさ。お前が死んだ後、俺たち全員で、事故の現場行ったんだよ。役場前の国道。血の跡があって、あと絵の具も飛び散ってんの。知らないだろ。知るわけないか。シュウはほら、一度泣くと発作みたいになるだろ、あいつ。それにつられてヤマトも泣いて、トキヤは死んでも泣かなくて、俺も泣けなかった。ぜんぜん、実感が湧かなくて。――いまも」腕をおろし、サツキはこっちを振り返る。「夏祭りの日は、毎年朝から、夢みてるみたいなんだ。地に足ついてない感じ。目の前のこと、学校の宿題とか、塾の課題とか、昨日まで読んでた本とか、ぜんぶどうでもよくなって、昔のことばっかり思い出す。それでここに来るとお前がいる。まあ、もういないのかもしれないけど。どっちでもいいって思うんだよ。一年に一度の、夏休みの一日くらい、夢とか幻とか、みてもいいだろ。ひとりでもふたりでも。……ミナミ」

七時になったのだ。

和太鼓と鉦（かね）の音が、すうっと途絶える。ぱらぱらとした拍手の音が響く。

最初の花火は、橙（だいだい）色と黄色と赤色が混ざったような色だった。どおんと夜空に散らばり、瞬（また）いていた星が掻き消える。わあ、という境内の歓声がここまで届く。ブルーハワイのかき氷、キャラクターのお面、浴衣、りんご飴、射的、くじ引き、型抜き、ぜんぶ、夏祭りの夜。

「来年もその次も、ずっとここに来よう」

次々と打ち上げられる。緑、赤、青、黄、紫、白――。俺はしだれ柳が好きだった。ゆっくりと美しく落ちていくために、一番上までのぼるような。ぱらぱらぱらぱら、という音も。暗い空はキャンバス。幼稚園のとき、指の先に絵の具をつけて、黒い画用紙に描いたのも、花火だった。

いつかの。記憶。

ぱぱぱぱ、と消えていく、残像。

裏山の斜面が照らされる。

声。

「――大人になるまで、ずっと」

生き残り

必要なのは「ちょうどいい人」だ。

私は頬杖（ほおづえ）をつき、窓の向こうを眺めながらそう考えた。

校庭では、サッカー部の男子たちがくるくると練習している。白い体操着の半袖を肩までまくりあげ、ときどき叫び声をあげている。こんなに暑いのに。私は彼らの、よく日に焼けた腕を見る。運動部の子がいいかなあ。かっこいい――というか、わかりやすくて健（すこ）やかな感じの子が多いんだ。

でも、運動部の人たちはこの夏で引退なわけで、いままで勉強しなかった分――というのは偏見かもしれないけど、時間がなかったのはたしかなはず――、これから猛然と勉強するから、余裕がないかもしれない。だとしたら文化部。帰宅部？　頭のいい子はやっぱり受験に力を入れるはずだから、そこそこがいい。東京は目指してなくて、どっか近所の大学に入れればいいか、みたいな。

前方に視線を移す。先生が古文の現代語訳を書いている。古文に出てくる和歌はいつも恋心をうたっている。通常の教室じゃなくて多目的教室だから、前にあるのは黒板ではなくてホワイトボードだ。黒マジックのきゅ、きゅ、という音。私はあまり目立たないように振り返り、座っているメンバーを見渡した。夏休みの補習は自由参加で、クラスごとにはなっていないので、見慣れない顔もけっこうある。男子。女子。私の目は男子にばかり向けられる。一番後ろの席で眠っている子はだれだろう。右手で額を支え、左手はだらんと下に伸びている。

「市井(いちい)、前向けー」

教卓に向き直った先生に言われて、私はびくっとして教科書に目を落とす。後ろのアッコがかすかに笑い、こつ、と慰めるようにイスの脚を蹴ったのがわかった。

「梨奈(りな)、そんなこと考えてたの？」

四限までを終え、私たちはカフェに寄ってランチにすることにした。二人とも新作のマンゴードリンクを頼み、アッコはホットドッグ、私はサンドウィッチ。

「そんなことって」私は唇を尖(とが)らせる。「だって、高校生活最後の彼氏だよ」

「あんた、この間別れたばっかじゃん。わけのわからない大学生と」

「もう一ヶ月経ったもん。それに、次はうちの学校の人って決めてるの」

「なんで？」

「お姉ちゃんと電話して気づいたんだけど、ねえ、高校卒業したら、もうこの制服着る機会ないんだよ。知ってた？」

「知ってたっていうか」アッコはホットドッグを飲み込む。「フッーに考えてそうだよね」

「衝撃じゃない？」

「なんで？　私、このセーラー服嫌いだもん。ごわごわするし」

「でも、これがなくなったら、制服デートもできないんだよ」

「そんなの散々したでしょ」

「だって、最近は大学生とばっかりだったから、いつも私服だったもん。背伸び系の。だから次は同い年の子にするの」

「フッーの受験生はそんなヒマないよ」

「だからちょうどいい人を探してるんじゃない」

私はアッコのリアクションの薄さに不満を覚えながら言い返す。制服を失う、ということが、ぜんぜん衝撃じゃないのが衝撃だ。私はこれを初めて着たとき、すごく興奮したのに。中学のダサいブレザーに比べれば、こっちのほうが百倍可愛い。女子高生だ、と思った。やっと女子高生になれたんだ。これでもう、無敵だ。

一年生になったときはたしかにその喜びでいっぱいだったのに、もう忘れていた。そうこうしているうちに三年生になっていた。東京で大学生、というのにわくわくしてたけど、いまが終わる、というのもたしかに意識しなくちゃいけない。

――いまになって思うもん、私も大学生と付き合って浮かれてたけど、よく考えてみれば高校生と付き合う大学生なんてだいたいヤバいやつだし、制服着てデートとか、高校生までしかできないんだよ。あんたも最後にやっといたほうがいいよ。制服でファミレスにいる高校生カップルとか、最高にまぶしいよ。

お姉ちゃんとは五つ離れていて、いつも正しいことを教えてくれる。彼女曰く、「私はあなたの未来なのよ」。

「見た目がそこそこよくて、あんたより背が高くて、受験にそこまで熱心じゃなくて、馬鹿でもなくて、東京の大学に行かない人？」

「そうそう」

「最後のはわかんない。梨奈は東京行くんだから、相手もそのほうがいいんじゃないの？遠恋になっちゃうよ」

「ならない。別れるもん」

ドリンクを飲んでいたアッコのストローから、ずずっ、と音がした。

「なにそれ。別れるのが決定してんの？」

「だって大学生になったら、大学で都会の人と付き合うから」

「別に東京の大学にいるからって都会の人とは限らないよ」

「とにかく地元がちがう人と出会うの。歳上の」

「つまり梨奈は、卒業までに別れる用の、制服デートするためだけの、そこそこの男子を探してるのね？」

私は頷いた。やっとわかってもらえた、と思ったのに、相手は「なんか梨奈って、ドートクに反してるよね、ときどき」と付け足してきた。私はサンドウィッチを咀嚼する。

「そうかな。私と付き合ったら、けっこう楽しいと思うけどな」

私は彼氏という存在が好きなので、彼氏ができたら愉快に過ごせる。相手の悪口を言いふらすこともないし（アッコに愚痴ったことはあるけど、アッコは口が堅いから平気）、もちろん浮気なんかもしない。カノジョとしての役割はちゃんと果たす。いろいろ。心が揺れることがあれば上手に別れる。元カレたちともだいたい仲いいし、連絡くるし、また付き合おうと言ってくる人までいるんだから、そんなにひどいことはしていない。と思う。

「あ」

私は窓際の席のテーブルを拭いている店員に目を留めた。あの長い腕、見覚えがある。

「ねえアッコ、あの人うちの学校の人だよ。補習に出てた」

彼女は振り返り、「生き残りじゃん」と言った。私はまばたきする。

「あの人が『生き残り』って呼ばれてる人？」

「声でかいよ」

「名前は？」

「篠。篠晃弘」

「おなじクラスになったことあるの？」

「ないけど。忘れたの？　私の彼氏、元野球部だよ」

「それとなんの関係があるの？」

　相手は目を見開いた。

「なんで篠が『生き残り』って呼ばれてるか知らないの？」

　知らない。私は首を横に振る。うちの学年にはそんな不思議なあだ名を持つ人がいて、それが男子、ということは知っていた。でも、それだけだ。関係のない人だから気にしたことはない。私は興味のないことに興味はない。

　ここでバイトしているらしい篠くんは、ダスターを持って空いてるテーブルをそうじして回っていた。彼が近づいてきたので私たちは黙った。私はすぐ隣のテーブルを拭く彼をじっと見る。黒髪は、ぼさぼさなのかスタイリングしているのか微妙な線をついている。目は一重か奥二重で、あまり大きくはない。高い鼻、乾燥してそうな唇、日に焼けた肌。目が合ったらにっこりするつもりだったけど、篠くんは最後までこっちを見なかった。ふうん、と私は思う。彼は無言で立ち去り、最後に食器の返却口を片付けてカウンターの中に引っ込む。

「梨奈、見すぎ」アッコが囁く。

「あの人、カノジョいるかなあ」

「いないんじゃない？　顔怖いじゃん。あんま喋んないらしいし」

「けっこうかっこいいと思うけど」

「あれにするの？」

「反対？」

アッコはカウンターのほうに視線を向けたけど、篠くんはすでに見えないところ、たぶんキッチンの奥かなんかに消えている。

「変わってると思うよ。生き残りだもん」

「いいの、別に。どうせ半年くらいで別れるんだし。補習でもずっと寝てたし、バイトしてるんだから、めちゃくちゃ受験がんばるタイプでもなさそうじゃない？」

「まあね。でも、梨奈、話したこともないんでしょ？」

「だからいいの。お互いなんにも知らなければ、話すことがいくらでもあって楽しい」

そんなもん？　アッコは首をかしげる。そんなもん。私は頷く。知り合うのなんて付き合ってからでもいいのだ。絶対無理な感じがしないことは、いまわかった。なんとなく、あの横顔を見ていたら。

「でも、ね、なんで『生き残り』って呼ばれてるか、それだけは教えといて。参考にするから」

　翌日も補習だったので、私は朝イチで家を出て、自転車で登校した。十五分くらいで着くけど、とにかく暑いので学校に着くまでキャミソールは汗で湿った。駐輪場に停め、まず女子トイレに行って、髪が乱れていないかを確認する。おろすと胸下くらいまである髪は、今日はおだんごだ。しっかり塗った日焼け止めと色つきのリップ。汗拭きシートで肌を拭い、家でも使った制汗スプレーをもう一度かける。

　好きな人が——というか、私のことを好きにさせるべき人ができたときにいいのは、毎日にハリが出ることだと思う。髪とか肌とか爪とか、いろいろなところをきちんとしようという気になる。そしてそういうのを整えると、狙っていない人から突然告白されることもある。私はそういう日々が好きだった。青春！　って感じがして。

　多目的教室には、数人の生徒がいて勉強したりお喋りしたりしていたけど、篠くんはまだいなかった。ふう、と息を吐いて窓際の、昨日とちがって一番後ろの席に座る。

　生き残り。

　その言葉には動物的な響きがあると思う。

アッコが言うには、篠くんは入学後に野球部に入った。うちの野球部は、監督の体罰と暴言に溢れたどろどろの部活で、超体育会系で、下級生いじめも横行していた、地獄のようなところだったらしい。毎年のことなのでだれも疑問に思わなかったが、うちの学年にリーダーシップのある子がいて、現状はおかしいと声をあげた。抗議を聞き入れなかったら退部すると言い、実際に夏前には同級生をみんな連れて辞めてしまった。――篠くんだけは残った。すごい、と私は思った。褒められてもよさそうなのに、でも、監督も上級生も、ほかの子の退部を止められなかったとして篠くんをいじめた。篠くんはそれにも耐えていたが、一昨年の夏の練習中、当時の二年生全員が熱中症になり、一人が一時意識不明にまで陥る事件が起こって、それまでにもたびたび問題視されていた我が校の野球部は、めでたく廃部となった。そうだ。

篠くんは同学年の一斉退部の生き残りであり、また熱中症事件の生き残りでもある。その日は監督の命令で、全員がウォーミングアップとしてグラウンドを走らされていた。一位になったやつから抜けていい、水分補給は抜けられたやつのみ可、という、もはや熱中症になろうとして設けたんじゃないかと疑いたくなるルールのもと、上下関係に厳しい部員たちは、きっちり三年生の部長から順番に抜けていった。その結果、三年生はなんとか無事で、二年生は全滅した。本来なら最後まで抜けられないはずだった篠くんは、でも倒れることなく、むしろ一番に職員室に走り、救急車を呼んでもらったらしい。

まさしく「生き残り」だ。

私は感動して、その話を聞いただけで、もうけっこう好きになってしまった。アッコは「梨奈って変だよね。まずこの話を知らないのがだいぶおかしい」と言っていた。一年生の夏といえば、私は一個上のバレー部の先輩に夢中になっていた頃だ。背が高くて、手が大きくて、髪がさらさらでマスカットの匂いがした。野球部がなくなるんだって、という話は彼から聞いたかもしれない。ふうん。どうして？　熱中症で一人死にかけたんだって。あそこの監督、頭おかしいからな。そうなんだあ。それくらいだ。そんなことより、今度のデート、どこ行く？

もう、大昔のことみたい。

記憶は地層に似ている。この思い出はいつのものかしら、とわからなくなったら、そこらへんに埋まっている男の子のことを考えればいい。ああそっか、この人がいるってことは、一年生の秋だな。初めて彼氏ができた中学一年生の頃から、私の過去は、そういうふうに蓄積されている。

アッコがやってきて、私の座っている位置に気づいて、軽く肩をすくめた。私の前の席に座って振り返る。

「おはよう」

「おはよ。戦闘モードだね」

「似合う？　おだんご」

「うん」

アッコはどうでもよさそうに言う。篠くんは、授業開始五分くらい前にやってきた。一番後ろの列はだいぶ埋まっていて、彼は私から一列離れたところに座った。

「篠くん、おはよう」

私は声をかけた。相手は振り返り、私を見た。眠たそうな瞳で。そして「……うん」とつぶやいた。「ん」のほうがちかかったかもしれない。それから座ってカバンを開けた。

アッコと目が合う。私は嬉しくなって笑ってしまう。無口だあ、と思った。聞いていたとおりだ。アッコは呆れたような顔をして、ノートで軽く私の頭を叩く。

「いいね、あんたはいつも楽しそうで」

だって、と私は思う。女子高生なんて、毎日を楽しむくらいしか、やることはない。


私の行動が速かったのは、ひとつは、補習は二週間しかない、というのがある。今日で四日目だから、残るは六日。後半にも補習が一週間あるけど、お盆明けまで待たなくちゃいけないので、夏休み中に決めたければ一気に攻めるしかないのだ。

「篠くん篠くん」

　四限目を終えた私は、帰り支度をしていた篠くんの机に近寄った。相手は朝よりは目の覚めた様子で私を見た。迷惑そうではないけど、嬉しそうでも、照れている感じもしない。強いて挙げるとすれば、ベランダに飛んできた鳥を見て、これはなんという種類だろう、と見極めるような瞳だ。

「私、昨日、カフェで篠くんを見たの」

「……ああ」

「あそこでバイトしてるの？」

「たまに……」

　そうつぶやいた彼の視線が、私の胸ポケットにちらりと向く。ずいぶんひさしぶりに、そこにきちんと名札をつけたのだ。市井。彼の頭に、それがインプットされるのを感じる。

「今日も？」

　彼は首を横に振る。相手が喋らなければ喋らないほど、私はにこにこしてしまう。

「じゃあ、これからヒマ？」

「いや、今日もバイト」

　私はまばたきした。それからじっと相手を見つめた。篠くんは初めて少し動揺したように目を逸らしたが、すぐに視線を戻して続けた。

「ちがうとこ」

「どこ？」

「駅前のハンバーガー屋。マックじゃないほう」

「美味しい？」

篠くんは二秒くらい考えた。私はその沈黙にまた嬉しくなった。誠実だ、と思って。

「まあ、わりと」

「そうなんだ。じゃあ、あとで行くかも。引き留めてごめんね」

彼は首を横に振って立ち上がる。私が右手を振るとかすかに頷いて出ていった。一部始終を見ていたアッコが口を開く。

「マックじゃないほうって、あの妙におしゃれなとこでしょ。高いならやだよ、行かないよ」

「でも、美味しいって」

「生き残り的にはね」

「ついてきてよう。いくらまでならいい？」

「七百円」

「じゃ、それ以上だったら補助金出してあげる」

アッコは頷いた。私たちは教室を出てトイレに入る。私は朝とおなじように自分の全身をチェックして、最後にピーチの香りのするヘアミストをかけた。

「いつも思うけど、梨奈って、好きな人のこと、本当に好きだよね」

「どういうこと？」

「なんかさー。彼氏欲しいからとりあえず作る、っていう子はほかにもいるけど、そういう子はさ、なんか適当なの作ってもすぐだめになって、悪口とか言いまくって別れたりするじゃん。梨奈もその系統といえばその系統なのに、うまくやるよね」

「だって私、好きな人のこと、本当に好きだもの」

「だからそう言ってんじゃん」

「アッコは彼氏いらなかったけどできちゃって、おまけに大好きになっちゃったタイプだもんね」

　私が彼女と腕を組みながら言うと、アッコはさっと頬を赤らめて、「暑いからくっつかないで」と腕を引き抜いた。アッコの彼氏は一個上で、だからいま大学一年生で、相手が県外に進学したせいで遠恋中だ。でもうまくいっている。私には絶対にできない、と思う。好きな人と、好きなときにくっつけないなんて。

「そういえば、先輩に私と篠くんのこと話した？」

「話してないよ。昨日の今日じゃん。梨奈の次のターゲットが決まったよ、生き残りだよ、なんて、わざわざ言わないよ」

そうかあ、と思う。アッコと恋人の関係はクールなのだ。アッコらしい。

「じゃあ、私と篠くんが付き合ったら、伝えてみてね」

「やっぱり篠を彼氏にするの？」

「うん、私、どんどん好きになってるもん」

「話続かないと思わない？」

「へいきよ」私は請け合う。「私、お喋りするの、上手だから」

まあねえ。アッコは頷く。私は蒸し暑い廊下を上履きでぱたぱた歩き、ああ、喉が渇いた、と思った。


篠くんのバイト先で一番安いセットは七百八十円で、私たちは二人ともそれを頼んだ。そのときの店員さんは二人だけ、レジは大学生に見える茶髪の男の人で、篠くんはキッチン担当みたいだった。私は半分くらいオープンになっているキッチンを覗き込むようにして、どうにか彼に見つけてもらった。私は笑顔で手を振り、エプロンをつけた篠くんは、たしかにこっちを認識したものの、すぐに目を逸らした。そしてレジの人に何事か囁いた。

「なんかサービスしてくれるかな」

アッコが私にだけ聞こえるように言う。どうかな、と私は返したけど、十分くらいしてテーブルに運ばれてきたお皿を見て、してくれた、と私たちは気づいた。サイドメニューとして私たちはサラダを選んだのに、フライドポテトも山盛りになっていたから。でも、運んできたのは大学生のほうだった。

「篠の知り合いなんだって?」

私はにっこりした。

「はい」

「彼女とか?」

「志望です」

こちらの答えに、大学生はびっくりして、確かめるようにアッコを見た。アッコは呆れた顔でポテトに手を伸ばす。

「ほんと?」

「はい」私は大学生を見返す。「篠くん、彼女いるんですか?」

「いやあ、あいつは……」

いないだろ、と言いたげだった。大学生は私と、キッチンと、それから山盛りのポテトに順番に視線を向けて、最後は営業スマイルを浮かべる。「ごゆっくり」

はあい。私はにこやかに返事する。

「そういうの、嫌がる人もいるでしょ」アッコが言う。

「そうね。嫌がられたら、やめとく」

「なにを？　付き合うの？」

「うーん。こういうので怒る人は嫌だなあ」

「勝手！」

「美味しい？」

「うん。補助金いらない」

　私はサラダを最初に片付けてからハンバーガーを口にした。たしかにお肉が厚くて、食べるのが大変だけどとても美味しい。私はさっき見た篠くんの格好を浮かべる。ジーンズに黒いTシャツ、緑色のエプロン、ビニールの手袋。あの大学生は、私の発言を彼に伝えるだろうか。そうなったら話が早いなと思う。

「なんで彼女いないんだろ。好きな人もいないのかな。かっこいいのにね」

「梨奈はもう『好き』フィルターかかってるからね」

　そのとおりだ。私は「好き」フィルターをかけるのが得意だ。このフィルターは、たくさんあるほうが絶対に得をする。――というのも、お姉ちゃんに教わった。

「告白しよっかな」

「はっや！　今日？」

「連絡先が聞けたら」

「成功率は？」

「わかんない」私はポテトにケチャップをつけた。

「梨奈、断られたことないでしょ」

「でも、今回は本当にわかんないよ。篠くんだもん」

「生き残りのなにがそんなに特別なの？」

「生き残りなところ？」

私たちは三時間くらい居座ってお喋りした。お店はランチの時間を過ぎてもお客さんが入ったり出たりして、高校生よりも大人が多いみたいだった。一度テーブルまで大学生のほうの店員さんがやってきて、「ドリンクもう一杯あげようか」と言ったので、私たちはオレンジジュースをもらった。でも、それが篠くんのサービスなのか、大学生の判断なのかはわからない。

四時少し前に出ることにした。カウンター席でずっとパソコンをいじっているサラリーマンと、奥のほうのテーブルで話し込んでいるカップル以外にお客さんはいない。レジにはまだ大学生がいて、私たちは「ごちそうさまでした！」と元気に言った。ハンバーガー用のペーパーを折っていた彼は、手を止めてじっと私を見た。私も見つめ返した。

「……篠呼ぶ？」

　私はわかりやすく嬉しそうな顔になったにちがいない。相手は苦笑してキッチンに引っ込み、入れ替わりで篠くんが出てきた。やっぱり迷惑そうではないけど、嬉しそうでも、照れている感じもしない。この前もここでこの野良猫見かけたな、というくらいの顔だった。私はにこにこする。アッコが「ごちそうさま」と言って出ていく。

「篠くんの言うとおり、美味しかったよ。ありがとう」

　相手はちいさく頷いた。

「バイト何時まで？」

「六時」

「もし」少し声をひそめた。「もし、そのくらいにこのお店の前に戻ってきたら、会ってくれる？　忙しい？」

　篠くんは激しくまばたきして一瞬キッチンを振り返ったが、「アホか！　行けよ！」という大学生の声が返ってくると、また私を見た。私はそれなりに緊張していたのにそれで笑ってしまった。篠くんは、野良猫が呼んだわけでもないのに足元に纏（まと）わりついてきたときのように困惑していたけど、ほんのかすかに唇の端をあげて頷いた。

「よかったあ。じゃあ、あとでね」

「あ」

　アッコを追いかけようとした私は、ちいさな声を聞き取って足を止める。

「待たせるの悪いから、終わったら電話する。連絡先くれれば」

私は嬉々としてナプキンに電話番号を書いた。そしてまたにっこりして、もう隠れることなくキッチンから私たちを見ている大学生にも視線を送ってから、ぱたぱた店を出た。

「告ったの？」

「ううん。六時にバイト終わるっていうから、そのときに会ってもらうことになった。でも、もうほとんど用件バレてると思うな」

「梨奈の行動力にはほんとに感心する」

「六時までは付き合ってくれないよね？」

「だめ。お母さんに怒られる」

私は駅前の駐輪場までアッコを送った。「どうなったか教えてね」と言う彼女に手を振って、駅にくっついているモールでヒマを潰した。本屋さんで雑誌を立ち読みして、ショップで洋服を見て回れば、二時間くらいすぐだ。六時少し前になったらトイレで身だしなみを直し、最後にドラッグストアに寄って、テスターのハンドクリームを塗ったら完成。

告白はしたもん勝ち、とお姉ちゃんは言う。女子から告白されて断る男子なんてほとんどいないんだから。それでも私は、いままでの中では相当わかりにくいタイプである篠くんからの電話を、そわそわして待った。

電話が鳴ったのは六時十二分だった。私は骨に飛びつく犬のように反応した。

「もしもし」

「——あ、篠。です。……市井？」

名前を呼ばれたのは初めてだった。私は嬉しくなるのと同時に、自分でもびっくりしてしまう。ほとんど知らない人に告白しようとしている。でも、だれかと知り合うのにベストな方法は、付き合うことだ、ともちょっと思っている。恋人同士になれば、普通の友達の三倍速くらいで距離を近づけることができるから。

「はい」

「いま、終わった」

「お疲れさま。お店の前に行けばいい？」

「どこにいんの？」

「駅のモール」

「ひとり？」

「うん。アッコはもう帰ったの」

「じゃ、俺がそっちに行く」

「ほんとう？　なら、噴水のところで待ってる」

わかった、と篠くんは言った。ぼそぼそとした低い声が、とても新鮮だと思った。いまのが、私が篠くんと交わした会話の最長記録だ。このまま付き合えたら、この記録はどんどん更新されていくことになる。

篠くんは制服で現れた。私は満面の笑みを浮かべる。これが、私が制服姿でする最後の告白になるかもしれない。毎日を人生最後の日のように全力で生きよ、という発想は、私にはちょっとマッチョすぎるけど、毎日を高校生活最後の日のように全力で恋せよ、というのはいいな、と思った。きらきらしていて。

「バイト、お疲れさま」

私は言った。篠くんは頷いた。私は首をかしげる。

「家に帰らなきゃ怒られるとか、ある？」

「十時までに帰れれば大丈夫」

「夜ごはんは？」

「いつもは店で食べてる」

「ハンバーガーを？」

篠くんは頷く。私は夜ごはんに誘ってみるか、先に告白するか、迷った。空はまだ明るい。お腹はまだそんなに減ってない。告白かなあ。「裏の公園行こ」と私は誘った。篠くんは頷く。

「びっくりした？」

「アッコ」

「……なにが？」

「いきなり誘って。篠くん、私のこと知らないでしょ」

「ん……、見たことあった、くらい」

「バイト先の人に、なにか言われた？」

右隣を歩いていた篠くんが立ち止まった。私は彼を見上げる。顔が怖い、と言ったアッコを思い出した。まあ、犬よりは爬虫類系だろうと思う。猫でもいいかもしれない。目つきが悪いというのか、いつもどこか細めているみたいなのだ。

「言われた。……けど。ほんとかどうか、よくわからなかった」

私は照れた笑みを浮かべる。

「ほんとう。私も篠くんのことあんまり知らないけど、補習でおなじクラスになってね、一目惚れ、とはちょっとちがうんだけど、でも、そういう感じ、わかる……？」

篠くんは顎を引いた。そして私をじっと見た。真っ黒な瞳。振られるかと思ってどきっとした。告白されて嬉しい、というような、普通の男の子が浮かべるような色は、絶対にそこにはなかったから。

それでも目を逸らさずに、息を呑んで返事を待った。もし振られたらこれが最初で、それはそれでドラマチックだとちらりと思った。

「――あの、俺あんまり、付き合うとか、よくわかんないんだけど」

囁くように篠くんは言った。私はまだ判断しかねて、どきどきした。

「うん？」

「あと、バイトだらけで、ぜんぜん時間ないかもしれない。けど。……それでもへいき？」

私は大きく息を吐いた。全身から力が抜けた。

「へいき」そう返して、それから笑って、また彼を見上げる。「なんでもへいき」

篠くんも微笑(ほほえ)んだ。私は首をかしげる。この人の微笑はなんだか悲しそうだと思ったから。それからずっと向こうの公園の入り口を見て、ああ、公園に着くまでに終わっちゃったなあと思った。

「ねえ、篠くん。公園はやめて、ごはん食べる？」

私は訊いてみる。できたての彼氏に。

「市井は家、大丈夫なの」

うん、と頷く。うち、自由だから。私がそう言うと篠くんは、自由、という言葉を隣で繰り返した。

教室に入ってきたとき、アッコは「やるじゃん」という顔をした。結果は昨日のうちにメールしておいたのだ。私は昨日とおなじ席にいて、アッコもおなじく前に座る。

「ごはん食べたんでしょ？」

「うん、モールに入ってるオムライス屋さんで、ごちそうしてくれたよ」

「マジで？　生き残りが？　話続いた？」

「静かだったけど、でも、話しかければ答えてくれるし。あとね、アッコ。『生き残り』って呼ばないで」

アッコは軽く目を見開いた。

「なんで？　本人に言われたの？」

「うーん。自分には変なあだ名があって、ちょっと変わってると思われてるから、いきなり市井みたいなのと付き合いだしたら周りにいろいろ噂されるかもって。嫌がってるっていうより、私に気を遣(つか)ってた」

「へえ。なんか、意外といいやつだね。ってか、梨奈みたいなのってなに？」

私はにこにこした。本当は篠くんは、市井みたいに可愛い子、と言ったのだ。ごはんを食べて、ふたりで駅の駐輪場まで歩いているとき。私はぱっと彼を見上げ、自分の発言に気づいた篠くんは立ち止まり、絶対に起こしてはいけないライオンの尻尾(しっぽ)を踏んだみたいな顔をした。彼が横目でこっちを窺(うかが)ったとき、私は頬にキスしそうになったけど、我慢して腕にぶらさがるだけにした。篠くんは抵抗せずに神妙な表情で黙り込み、もうその夜は話そうとしなかった。

「アッコ。私たち、とっても仲良くなれる気がする」

「言ったでしょ。梨奈は、毎回ちゃんと仲いいよ」

「そうじゃなくて、なんていうのかなあ。知れば知るほど楽しくなりそうなの」

「じゃあ、卒業してからも続ければ」

「遠恋はイヤ」

「生き残り——、じゃない、篠って、大学行くの？」

ちょうど篠くんが教室に入ってきた。目が合って、私は笑顔を向けた。彼は昨日よりもわずかに親密そうな瞳をした。気がした。そして少し迷いのある足取りで、昨日とおなじ席を選んだ。私から一列空けたところ。隣でよかったのに。

「そういうのも、近々訊いてみる」

「今日も会うの？」

アッコが声をひそめる。

「うん。でも、篠くんは六時まで昨日のお店だから、お昼はいつもどおり食べよ」

「働きっぱなしじゃん。すごいね」

「元々昨日のとこでバイトしてて、カフェは臨時だったみたい。オーナーがいっしょなんだって」

へえ、とアッコは頷き、一限目の英語の先生が入ってきたので前を向いた。私は篠くんを見る。彼はプリントと教科書、電子辞書、そして最後に三色ボールペンを一本取り出した。それだけでぜんぶ済ませるつもりらしい。

見つめすぎたのか、篠くんが気づいてこっちを見た。そしてわずかに眉をあげた。なに、というふうに。私は微笑を返し、首を横に振ってホワイトボードに視線を向ける。

六時まで遠いなあ、と思った。

相手のことをほとんど知らない状態から、徐々に情報を増やしていく、というのが、私は好きだ。クロスワードのパズルを埋めていくような快感がある。

篠くんのパズルは、予想どおり、難しかった。

私は山ほど質問をして、彼はひとつひとつ考えて、少しずつ答えていくのだけど、喋るのが下手なのか、隠していることがあるのか、その両方か、とにかくはっきりしない回答が多いのだ。その上ガラケーしか持っていなくて、メールはあまりしない、というのだから、大事な話をするのは会っているときしかない。

「なんでそんなにバイトしてるの」

「……部活がなくなって、ヒマになったから」

「どうして野球部に入ったの？」

「スポーツ系ならなんでもよかった。練習が多ければ」

「忙しくしてるのが好きなのね」

　私が言うと、篠くんはこちらを見て、ちいさく頷く。いつもと変わらない仕草なのに、私は嘘をつかれているような気になる。でも篠くんはそれ以上は言わない。私は追求する代わりに寄りかかる。人のいない場所——今日みたいに、カラオケの個室とか——だったら、彼の腿を枕にして寝転ぶこともある。付き合うとかよくわからない、と言ったわりに、篠くんは私が多少大胆なことをしても、あまり照れない。動揺する様子もない。膝に乗るのが好きな仔犬でも迎え入れるように、私の額のあたりに触れたり、そのまま髪を撫でたりする。いまいちその先を求めているような感じではなくて、本当にペットでも相手にしているような、不思議な温度。

「私、くっつくのが好きなの」

「うん」

「篠くんは？」

「え？」

「くっつかれるの、好き?」

彼は考える。それから「うん」と答える。ほんとかなあ。篠くんにとって、私は三人目の彼女らしい。中三のときと高一のときにできたことがあって、どちらも女の子から告白されて、どちらも女の子から振られた。一ヶ月ももたなかった。彼はどこまでしたことがあるだろう。一ヶ月でひととおりやってしまうようなスピーディさは、篠くんにはないと思う。ゆっくりと、静か。新鮮だ。中学生に戻ったみたい。

「一ヶ月以上付き合ったら、私が最長記録になるのね」

「……そう」

カラオケの個室のディスプレイには、私が見つけて適当に流している、外国のアーティストのコンサートの様子が映っている。でも私は寝転んでいるので、篠くんと天井しか見えない。テーブルの上には夕食がわりに頼んだピザとポテトサラダがある。ドリンクは飲み放題にした。でも制服だから、十時までには出なくちゃいけない。

「私と一ヶ月以上付き合いたいと思ってる?」

ぼんやりとディスプレイを見ていた篠くんの視線が私を向く。彼はゆっくりと、少しだけ困ったように微笑み、「うん」と答える。ほんとかなあ。私は確信が持てない。今日は金曜日なので、付き合って一週間と一日経ったということだ。補習は今日で終わり。なにもしなくても毎日会える日々も今日までなのだ。次はいつ会う、という問いを、私はずっと待っているのだけど、篠くんは言わない。前の彼女たちもこういうところに困り果てて別れたのかな、と思うと、これくらいで諦めるわけにはいかない、というやる気が出る。

「篠くん篠くん」

「うん」

「きょうだいいる？」

それは、お昼にアッコと議論したことだった。篠くんの不思議な淡白さは、きっとお姉ちゃんか妹がいるせいだ、と私は言い、アッコは、それにしては女心わかってないじゃん、ひとりっこじゃない、と返したのだ。

私の頭の下にある篠くんの身体が、かすかに強張ったように感じた。篠くんは数回まばたきをして、「うん」と頷いた。こういうのも、私が篠くんと近づけた気がしない理由のひとつだ。とても単純な質問にすら、たまに考える素振りを見せるから。

「女の子？」

「妹が二人」

「ほんと？」私は飛び起きた。アッコの負けだ。「何歳？」

「七歳と五歳」

「いいなあ」

私は言う。篠くんは「市井は、お姉さんがいるんだよな」とつぶやいた。彼は私が十個くらい質問をぶつけると、まるで彼の中のなんらかのゲージが溜まったように、自分から発言してくれる。

「そう、五個上。東京で働いててね、私、大学に入ったらお姉ちゃんといっしょに住むんだ。私たち二人とも料理好きだから、きっと楽しいと思うの」

篠くんは微笑む。塾行かないの、受験どうするの、という話は、すでにした。たしか先週の金曜日に。まだちゃんと決めてないけど、大学には行くと思う、と彼はぼそぼそ答えた。あのときも漠然と、本当のことは言ってもらえていないような気になった。付き合って二日目でそんな指摘はできなかったけど。市井は、と訊き返されたので、私は東京に行くのと答えた。学校の成績はけっこういいし、ずっと保健委員会で委員長までやったし、体育祭の実行委員もしたし、だからたぶん指定校推薦でいけるはず、と。お姉ちゃんもそうやって進学した。うちらに受験は向いてないんだよ、と彼女は言う。根が不真面目(ふまじめ)だからね。でも平気よ、仕事はデキるタイプだから。そこそこの私大を出て就職さえできればこっちのものよ。

お姉ちゃんは無事に大企業に就職して、いまは会社の寮に住んでいる。私が上京したら二人暮らしに向いているマンションに越してくれる。私が大学を卒業する頃に結婚する、というのが人生計画らしい。相手は選び中だけど。

「姉妹だと仲よさそうでいいよな」

篠くんはそう言って立ち上がる。受付から時間終了の電話がきたから。まだ九時過ぎだから、あと三十分なら延長できないこともないけど、篠くんはしなかった。だから私はテーブルの上を簡単に片付けて、最後に流す適当な映像を探す。篠くんは歌わないし、私もデートのときは、歌うよりもただごろごろしているほうが好きだからだ。

「妹さんと、仲よくないの」

「え？」

「さっきの」

「ああ、いや、別に」篠くんはコーラを飲む。「うちは歳がぜんぜんちがうから。たまに面倒みるくらい」

「遊んであげるの？」

篠くんがちっちゃい子を相手にする姿は想像できなかった。彼もかすかに苦笑する。

「絵本読んだり、髪を結ったり……。たいしたことはしない」

「髪が結えるの？」

「いや、下手なんだけど。うちの母親が不器用だから。俺のほうがマシってくらいで」

「私、上手よ。いつでもやってあげるのに」

彼は軽く目を見開いてから、うん、と頷いた。私は自分のクランベリージュースを飲む。

篠くんは、家族とあんまり仲が良くないのかもしれない。思春期の男の子と歳の離れた妹たちなんて、たしかに相性が悪そうだ。

私たちは荷物をまとめて店を出た。篠くんは、バイトしてるから、という理由で、止めない限りなんでも奢ってくれるのだけど、私はそういうのがあんまり好きじゃない——というか、お母さんみたいになってはいけないとお姉ちゃんが言う——ので、割り勘にしてもらった。お小遣いなら私だってもらってる。

夏の夜に吹く風はぬるい。

このまま駐輪場に行って、それぞれ自分の自転車に乗り、篠くんは私のマンションの前まで送ってくれる。自分の家もおなじ方向だから、と言って。どこ、と返せば、市民プールの近く、と教えてくれたけど、正確な場所はわからない。自転車に乗ってしまえばゆっくり話す時間はない。私はとうとう諦めた。

「篠くん篠くん」

駅の裏の駐輪場までの道すがら、私は彼のシャツの裾を引っ張ってみた。篠くんが振り返る。

「明日もバイト?」

「うん、昼に」

「もう補習ないんだから、次の約束しておこうよ」

篠くんは立ち止まって、うん、と頷いた。

「本当は、篠くんから訊かなきゃだめだったのよ」

　私が言うと、彼は「ごめん」とちいさな声で謝ってから逡巡（しゅんじゅん）し、「市井は」と続ける。

私は彼から三語以上引き出せそうなので、息を止めて見守る。

「忙しくないの、夏休み」

「ほんとう言うとね」

「うん」

「とってもヒマなの。塾行ってないし、バイトもしてないし。アッコはもうすぐ彼氏、一個上の先輩なんだけどね、彼が帰省するとかで忙しくなるし、お盆にお姉ちゃんが帰ってくるまではなんにもなし。だから、篠くんが会いたいって言ってくれれば、いくらでも会えるの」

　篠くんはちいさく笑った。そう、と頷いて俯（うつむ）いた顔は、嬉しそう、と言ってよさそうな表情をしていたので、私はひそかにときめいた。

「今月はずっとバイトで。学校ない日は、十一時から四時まで。だからそれ以外の時間は空いてる」

「日曜日はだめなんだよね？」

　彼は頷いた。私は篠くんの瞳に浮かぶ色をどうにか見極めようとしたけど、暗かったので無理だった。日曜日は家にいなくちゃいけないんだ——。それも、付き合ってすぐ言われた。どうして？　お家の人とどこか行くの？　そう返すと、そんな感じ、と篠くんは答えた。あれもたぶん嘘だった気がするけど、でも、突っ込み方がわからなかった。

「じゃあ、明日も四時くらいにここらへんに来るから、終わったら連絡ちょうだい」

「――市井」

うん、以外が返ってきて私はびっくりする。なあに。篠くんは躊躇うように一度、右手で自分の唇をつねった。三秒くらい悩んでからやっと口を開く。

「八月のシフト、減らせるかもしれない、後半なら。明日頼んでみる？」

すごい。私は感激する。篠くんが進歩している。目を見つめたまま何度も頷くと、篠くんも表情を緩めた。彼はこっちを見下ろして、右手を伸ばしてくる。キスでもされるのかと思って、私は衝撃を受けるのと同時に心と身体をぎゅっとして待ち構えたけど、彼の親指は一瞬頰に触れただけですぐに離れた。

「何曜日がいいとか、ある？」

「――ない」私は呼吸を取り戻してなんとか返す。「いつでも。お盆でもいいの、毎日お姉ちゃんと遊ぶわけでもないし。篠くんが一日空く日ができたら、お出かけしよう」

わかった。篠くんは頷き、駐輪場に向かって歩き出す。私はその背中に飛びつきたい衝動を堪えながらどうにか後をついていった。

　翌日私は、ハンバーガー屋さんに呼び出されて、この間の大学生——オーナーの甥っ子で、ユウタさん、と紹介された——と対面した。シフトを減らすことの条件が、私がお店に来ることだったらしい。「いやいや俺も思ってたよ、夏休みの高校生なんだからちょっとは遊べって」ユウタさんは愛想よく言い、とりあえず来週から月曜日はぜんぶ休みにしとく、と言ってくれた。その代わり、市井さん、たまにはうちに食いに来てね。こいつと。

私ははあいと返事をした。

　終始居心地悪そうにしていた篠くんとお店を出る。

「いきなりごめん」

　彼は言った。ううんへいき。私は答える。

「ハンバーガー美味しかったし、私はいつ行ってもいいんだよ。でも、それより、どうして今日も制服なの？」

　土曜日だ。補習もない。篠くんと私服で会うのは初めてだから、私は服選びに一時間くらいかけたのだ。篠くんはあまり露骨な露出は喜ばないだろう、派手なのを着ても浮きそうだ、とあれこれ考えて、シンプル・イズ・ザ・ベストを採用した。篠くんがどんな服装でも大丈夫なようにしたつもりだったけど、さすがに制服は想定していなかった。

「なに着ればいいかわかんなかった」

篠くんは伏し目がちに答えた。私は彼の視線の向きをじっと追う。

「篠くん篠くん」

「ん？」

「ずっと思ってたんだけど、篠くんって、ときどき私に嘘ついてない？」

私のためにバイトを減らしてもらい、周囲――アッコとユウタさんだけだけど――公認のカップルになったんだから、それくらい攻めてもいいだろうと思ったのだ。

篠くんは軽く目を見開いた。まばたきが激しくなり、最終的には頷いた。

「いや、嘘っていうか」篠くんはすぐにフォローする。「ただ、」

私は右腕を彼の左腕に絡めて見上げる。彼は唇を嚙んで言葉を探す。

「――俺、父親にバイトのこと言ってなくて」

「えっ。こんなにシフト入ってるのに？」

「あの、たぶん、少しはバイトしてるとは知ってる。こんなにがっつり働いてるのは、知らない」

「なにしてると思ってるの？」

「部活」

「野球部なくなったって知らないの？」

「……たぶん」

「……それで制服なの？」

　相手は頷いた。

「家出るときはいつも。悪い。でも、市井が嫌なら今度から着替え持ってくる」

なにか重大な罪でも指摘されたように申し訳なさそうな瞳をする篠くんに、私は言葉をなくす。まったくこの人は、近づけば近づくほど謎が増えていく。休日の制服という謎を解けば、父親との仲、という疑惑が出てくる。ピラミッドの中にでも迷い込んだみたいだ。同時に、そういえば、と私は思い出した。私が高校生と恋愛したかったのは、ミステリアスな篠くんの真実を突き止めるためなんかではなくて、制服デートをしまくるためだったのでは？

「篠くん篠くん」私は彼を引っ張って、大通りから路地に入る。「ちょっと、ぎゅってしてみて」

　相手は口を開いて、一度閉じた。「ここで？」そう。私は頷く。拒否されるかと思ったけど、篠くんは数秒考えた後、実行に移してくれた。自販機の陰で。左腕が背中に回り、右手は肩のあたりに添えられる。篠くんの身体はぎゅっと硬くて、汗とフライドポテトの匂いがした。どちらも嫌な匂いじゃなかった。三秒くらいで身体を離した篠くんは、さすがに少し気恥ずかしそうに、そして私の気持ちを測りかねた顔をしていた。

「どっちかが私服でもう片方が制服なのも変だから、基本的には制服にする」

「……いいの？」

「うん。私、制服好きだから。もう今年で着られなくなっちゃうし。でも、たまに私服の日も作るの。ちゃんと事前に言うから、そのときだけは着替え持ってきて？」

わかった、と篠くんは答えた。なに言ってんのデートといえば私服、明日から毎日着替え持ってきて、と言ったとしても、おなじように答えるのかしらと私は思った。

「篠くんはなにか、したいことないの、私と」

これでほかの子たちのように「家に行きたい」とでも言ってくれれば、篠くんも健全な男子だということになったんだけど、もちろん彼は、そんなにわかりやすい人ではなかった。しばらく考え、それから眉を寄せた。

「いまは思い浮かばない」

願い事がひとつだけ叶うとしたらなににする、と訊かれたみたいな真剣さだった。私はにこにこしてしまった。篠くんは不思議そうな顔になる。

「浮かんだら、教えてね」

わかった、と篠くんは答える。自転車でマンションの前まで送ってもらい、私はもう一度、ぎゅっとしてみて、と頼んだ。篠くんは自転車を降りてそうしてくれた。夜といっても蒸し暑かったから、さっきよりも新鮮な汗の匂いがした。

「篠くんって、いい匂いがするの、知ってる？」

　自転車に乗り直した相手にそう言うと、彼は動揺したようだった。「市井もだよ」とつぶやいてから、またうっかりライオンを起こしてしまったみたいな表情になり、さっと顔を背けて走り去った。


　篠くんがそう言ってさえくれれば。

　私は、私服の日なんて設けなかった。街中で手を繋いで歩くこともしなかったし、カラオケでも漫喫でも映画でも、あんまり人目につかないデートをしてもよかった。篠くんは優しくて、奥手だけど誠実で、宿題も教えてくれて、私が頼んだらほとんどなんでもしてくれたのだから、篠くんになにか言われたら、私だっておなじことをするつもりだった。

　でも篠くんはそう言ってくれなかったので、私たちはその日、初めて二人ともが私服の状態で、手を繋いで、繁華街を歩いていた。お盆が始まる直前の土曜日。アイスクリームを食べよう、と私は言い、篠くんはいいよと頷いた。いつもどおり。でもその直後に、

「アキちゃん！」という高い声が聞こえた。

　繋いでいた手がほとんど振り切るようにぱっと離れて、私はびっくりして隣を見た。そ

してちいさく息を吞んだ。篠くんの顔から表情が消えていたから。

篠くん、と私が言う前にもう一度、「アキちゃん！」と声がして、ちいさな女の子が篠くんの脚に抱きついた。アキちゃん？　私はまばたきして、篠くんの名前は晃弘なのだから、アキちゃんと呼べないこともない、と思った。となると、この子は妹だ。――街中で妹に見つかった兄というのは、こんなふうになるものだろうか。

「――晃弘なのか」

私はぱっと振り返る。硬直していた篠くんも、ゆっくりと。私たちから数メートル離れた後ろに、残りも立っていた。つまり、篠くんの両親らしき夫婦と、もう一人の妹。「アキちゃんだよ！」篠くんの足元にいる子が一番下らしく、お姉ちゃんも「ほんとだ！」と笑顔になって篠くんに駆け寄った。彼はぎこちない笑み――というか、笑みになろうとしてなれなかったもの――を唇の端に浮かべて、妹たちを抱きとめた。

お父さんとお母さんは、妹たちほど無邪気に喜んではいなかった。細身で綺麗なお母さんは、でも顔色が悪かった。お父さんは、お母さんよりやや歳上に見えた。グレイヘアで眼鏡をかけていて、会社の偉い人、という雰囲気があった。こちらは、少し驚いている様子ではあるけど、怖い顔はしていない。レンズの向こうの大きな瞳を、ちらりと私に向けた。私はなるべく姿勢よく、真面目な顔をして立っていた。――ロゴの入った白いＴシャツ。紺色のショートパンツ、サンダル。息子の付き合っている彼女として、そんなにひどい格好はしていない。はず。

「学校は？」

そんなことばかり考えていたので、お父さんの次の言葉に、どきりとすると同時に納得した。そうだった。篠くんは、部活だと嘘をついて毎朝家を出ているのだ。それがバレたから――、それがバレただけで、こんなふうになるんだろうか。

「あの」篠くんはやっと口を開いた。「今日は、ありません」

ほとんど聞き取れないほど掠(かす)れた声だった。まるで殺人とか強盗とか、そういう罪を犯した現場を警察に押さえられたみたいな。「アキちゃんアキちゃん、このひと、アキちゃんのすきなひと？」妹がきゃあきゃあと声をあげる。篠くんは一瞬だけ私を見て、すぐにお父さんに視線を戻した。

私はどうすればいいかわからなかった。

篠くんの瞳には、なんだか救いを求めているみたいな必死さがあった。なんでもいい。なんでも、教えてくれれば、私、うまく言うから。そう教えてあげたくなった。彼女って言わなくてもいいし、クラスメイトでもおなじ学校の人でも知らない人でも、篠くんがそういうことにしてほしいって言えば、そのとおりにするから、できることならなんでもするから、お願いだから、なにをそんなに怖がっているのか、教えて。

「パパぁ、パフェは？」

上の子が甘えた声を出して、お父さんの視線がやっと篠くんから外れた。お母さんがぎこちない笑みを浮かべて「そうね、早く行きましょう」と娘に——言うふりをして、夫を促した。お父さんは微笑して、篠くんをちらりと見る。

「あとで話そう。遅くなるんじゃないぞ」

はい。篠くんが頷く。妹二人に手を振られて、私はちいさく返した。お母さんが気づいて会釈し、私もおなじことをした。お父さんはもうこちらを見なかった。後ろ姿だけになると、彼らは単に幸せそうな休日の四人家族だった。私は篠くんを窺う。彼はまだ呆然と立っている。私は自分の右手を見下ろす。五分前まで繋いでいて、いまはもうなんにも摑めていない、手。

「篠くん？」

ほとんど囁くように私は呼んだ。篠くんがこっちを見る。彼は口を開いて、一瞬俯いた。

「市井」

私は、やだ、と言いたかった。でも言えなくてただじっと見つめた。篠くんは唇を噛み、心底申し訳なさそうな目をした。

「悪い、今日は、帰っていい？」

やだ。いっしょにいる。お父さん怖いの、どうして敬語だったの、お父さんもお母さんも妹たちも目がまん丸くて、どうして篠くんだけちがうの。今日帰ったら、明日は日曜日だよ、会えない日だよ。どうして日曜日は家にいなくちゃいけないの？　でも、いまここで訊いても答えてくれそうにないことは、わかった。

「月曜日は」私はほとんど泣き出しそうになりながら言った。「月曜日は、一日会える日だよ」

篠くんは私を見下ろして、微笑んだ。淡く。うん、と頷き、ごめん、とつぶやくと、初めて、頼まなくても自分からぎゅっとしてくれた。私はしがみついて離さないようにしようかと本気で思ったけど、できなかった。篠くんは自分の家族が消えた方向とは反対側に、ほとんど駆けるようにしていなくなった。


私は家に帰って部屋にこもり、泣きながらアッコに電話した。アッコはびっくりして話を聞いてくれた。お父さんのことは詳しくは伝えなかった。ほとんど私の直感、妄想だから。私はただ、篠くんが部活と偽って私とデートしているところを親に見つかって帰ってしまったのだと話した。

「あのね、梨奈。彼氏に聞いたんだけど、生き残りって元ヤンだったみたいよ」

私はぐずぐずと鼻をすすりながら、元ヤン？　と訊き返した。マンガでしか聞いたことのない、なんだか滑稽な響きを持つ言葉だと思った。

「うん。ほら、野球部って着替えるでしょ。そのときに根性焼きって、わかる？　煙草の火傷の痕があって、もうあんなの大昔の文化じゃん、それで新入生にヤバいやつがいるって話題になったって。まあ野球部自体もヤバかったのは前も言ったけどさ」

「篠くんがそう言ったの？」

「うん。いや、さすがに元ヤンキーですなんて馬鹿みたいなことは言わないけど。でも、お前それどこでやったって訊かれて、中学のとき先輩とかといろいろやってた、って答えたって。親が厳しいのも、だからじゃない？　中学のときグレてたせいでいまも警戒されてるとか」

私は三秒くらいその可能性を考えた。篠くんが、たとえば髪を長くして、金髪とかにして、同級生を殴ったり万引きしたりしているところ。ぜんぜん浮かばない。そうじゃなくて、さっきの光景が蘇った。あれは、だって、篠くんがお父さんを怖がっていたのだ。逆じゃなかった。

「ちがうと思う」

「なにが？」

「篠くんは、絶対にそんなこと、しない。絶対にちがう」

「――ねえ梨奈、高校の最後にちょっと楽しくデートする相手として、生き残りは向いてないんじゃない?」

戸惑った口調でアッコが言う。私は泣き叫ぶように返した。

「生き残りって呼ばないで!」

あ、ごめん――。アッコは慌てて言ったけど、その続きを聞く前に、私は電話を切っていた。


アッコからの電話もメールも無視して、夜ごはんも食べず、篠くんからの連絡を待ちながらその日は寝た。明け方にお母さんが帰ってきたときに起きたけど、またすぐに寝た。お母さんに言えば馬鹿にされるとわかっていた――。男に振り回されるようになっちゃだめでしょ、梨奈。

知ってる。高校の最後にちょっと楽しくデートする相手として、篠くんは向いていない。でも、知っているからといって、そのとおりにできるわけではない。だって篠くんは、ちがった。いままでとはちがった。

日曜日のお昼ちかくになって、篠くんにメールした。できるときがあれば電話してね、と。泣き腫らした目をお母さんに見られたら面倒なことになるので、彼女が寝ているうちに顔を洗って着替え、サングラスをして家を出た。駅前のカフェにこもる。一応夏休みの宿題は持ってきたけどぜんぜん進まず、ああ、ここは前篠くんに教わったところだ、とか考えたらまた泣きそうになった。

メールの返事はこない。

ずっと音楽を聴いてぼーっとした。充電器を持ってきていたので充電がなくなる心配はなかった。メールの返事はこなくても、「明日どうする？」と送った。夕方、ぎらぎらした太陽が少し手加減するのを待ってカフェを出て自転車に乗り、市民プールまで漕いだ。日曜日のプール周辺は混み合っていて、帰るところの家族づれやカップルがたくさんいた。なんにもわかんない。私は人混みに囲まれて悲しくなる。篠くんの家が一戸建てなのかマンションなのか、もし明日会えなかったらどうすればいいのか、学校が始まるまで会えないとしたら私は明日からどうすればいいのか、なんにもわかんない。

家に帰って、十回くらい深呼吸をして、篠くんに電話をした。彼は出なかった。ベッドの上でスマホを握りしめていたら着信音が鳴ったので、私はディスプレイも確認せずに出たけど、相手は篠くんでも、アッコですらなく、なんと一年生のときに付き合っていたバレー部の先輩だった。夏休みで一週間くらい帰ってきたんだけど、ひさしぶりに会えないかなあと思って……。梨奈？　どうした？

なつかしい声だった。マスカットの香りを思い出した。優しくしてくれる男の人なんてたくさんいるんだ、と思った。篠くんじゃなくても。

「あのね、もう連絡してこないでね」

私はそう返して電話を切った。それ以外、その夜は一度もなんにも鳴らなかった。

月曜日。

結局篠くんからの連絡がなかったので、私はまたお母さんが眠っている間に家を出て、ハンバーガー屋さんに向かった。昨夜散々冷やしたから、目元の腫れはだいぶ引いていた。

でも、ユウタさんに会えたとして、なにを言えばいいんだろう。

スマホを確かめる。十一時。ランチを頼もう。そして篠くんの話題になったら――ユウタさんならきっとなにか話しかけてくれる――、連絡がつかないことを言ってみる。体調が悪いのかな、とか。なんとか。あと、泣かない。泣かないようにする。

深呼吸してお店に入る。オープンしたばかりでまだそんなにお客さんはいなかった。

「いらっしゃいませー」と振り返ったユウタさんは、私の顔を見ると「あ!」と叫んだ。

「よかった! 来た! あのね、篠から伝言頼まれてて。あいつ携帯が壊れて、市井さんに連絡できなくなってんだって」

　カウンターから飛び出してきたユウタさんを見上げて、私はせっかく決心したのに、泣きそうになった。

「今日会う予定だったんです」

　ユウタさんは困ったような微笑を浮かべた。

「うん、それも謝ってた。風邪引いて無理そうだって。明日はここも休むって。あの、俺に番号置いてってくれれば、あとであいつからかかってきたときに伝えるから、そのうちそっちにも電話がいくと思う」

「風邪？」

　私は返す。声が震えた。私の目にみるみる涙が溜まるのを見て、「えっ」とユウタさんは慌てた。

「ちょっと待って、泣かないで、嘘でしょ」

　わあ、とキッチンから出てきた男の子が声をあげる。

「ユウタさん、泣かせたんですか」

　馬鹿ちがう俺じゃない、とユウタさんは言い、「とりあえず」と続けた。お店の一番奥、目立たないテーブル席に連れていかれる。

「あの、ちょっと待っててくれる」

　私は申し訳なさから何度も頷いた。ユウタさんがいなくなった間にテーブルのナプキンを何枚も使って泣き止んだ。十分くらいで戻ってきたユウタさんはオレンジジュースをくれた。「すみません」私は謝る。

「いいのいいの、篠の給料から引いとくから」

相手は向かいに座りながら笑ったものの、すぐに黙った。涙は止まっていたけど、気を抜けばまた泣く、と気づいたのかもしれない。特に篠くんの名前を出したら。

「あいつとなんかあったの？」

私は考えた。篠くんは部活を辞めてからここのバイトを始めたわけだから、一年の秋頃から働いているはずだ。二年ちかく。ユウタさんのことは、ユウタさん、と呼ぶ。仲いいの、と訊いたら、すごくお世話になってる、と返ってきた。すごく。

「携帯が壊れたのは、本当ですか」

私は訊いた。ユウタさんは小刻みに頷く。

「でも、風邪は嘘でしょう？」

ユウタさんは私から目を逸らし、「うーん」と唸る。

「明日ここに来ないのは本当？」

相手は頷く。「明後日(あさって)は？」と続ければ、困ったような顔になる。

「わからないけど、そのうち来るよ。市井さんのところにもちゃんと連絡するよ、あいつは。だから、連絡先置いていってくれれば助かる。謝ってたからさ」

謝ってほしいわけじゃないのに。

「ユウタさんは、篠くんの家の場所知ってますか？」

「――まあ、履歴書見ればね。行ったことはない、そんなことしたら、あいつは嫌がる。家のことは、あんま話したがらないからさ」

優しくて真面目な声だった。私はナプキンに番号を書いた。告白した日もおなじことをやった、と思ったけど、泣くのは我慢した。

「ありがとう。たぶんピークすぎた頃にかかってくるんじゃないかな。一時半くらい……」

「こっちからかけるのはだめなんですよね」

答えはわかっていた。ユウタさんはオレンジジュースを私の目の前に置き直す。

「なんか食う？」

私は首を横に振った。

「これ飲んだら、家に帰ります。電話待ってます」

わかった、とユウタさんが立ち上がる。「忙しいところにごめんなさい」私が謝ると、相手は微笑んだ。

「あいつめちゃくちゃいいやつなんだけど、ほとんどだれも知らないんだよ。篠自身も。だから、市井さんが気づいてくれてよかった」

それから店の入り口を振り返り、いらっしゃいませー、と言った。私はまた少し隠れて泣いて、オレンジジュースを飲んで、混み始める前に出ることにした。レジを担当していたユウタさんと目が合って、私はお辞儀した。

家ではお母さんがまだ寝ていた。私はバナナを一本食べた。篠くんから電話がかかってくるまであと一時間なのか二時間なのか五時間なのかわからなくて、その間ただ待っているのは辛かったので、それを紛らわすために朝食を作った。お母さんに。ゆで卵と簡単なサラダ、ハムとレタスのサンドウィッチ。お母さんは一時少し前に寝室から出てきた。ネグリジェ姿で、黒い下着が透けている。この人はいつまで経ってもとても綺麗で、綺麗すぎるので、あんまりお母さんという感じがしない。

「おはよう、梨奈」

おはよう。私はコーヒーを淹れる。

「なんかあったの」

「なんにも」

「男だあ」

からかうような口調だった。私はコーヒーの入ったマグカップを置きながらにっこりと笑みを返した。

「今日は何時に出かけるの」

「銀行寄るから、二時すぎぐらい」

「お姉ちゃんが帰ってくるんだよ」

「そうだった？」お母さんは煙草をくわえる。「いつ？」

「明日」

「なにしに？」

「私に会いに」

へえぇ、とお母さんは煙草に火をつける。仲良しねえ。

私はリビングが彼女の香りにまみれる前に自分の部屋に引っ込む。きっと。たぶん。もしかしたら。いまごろ篠くんが、お店に電話しているかもしれない。そろそろ電話がかかってくるかもしれない。お願いだから。

スマホが震えたのは一時三十九分だった。携帯ではなくて知らない家の電話番号で、私は即座に出た。

「――市井？」

篠くんの声は、少し疲れた感じがしたけど、鼻声でも掠れてるわけでもなかった。風邪はやっぱり嘘なのだ、と思うのと同時に、わざとらしい鼻声なんかをしない篠くんのことをとても愛おしく思った。

「篠くん」

「ごめん、今日。お店行ってくれてよかった。連絡できなくてごめん」

「なにがあったの？」

一瞬間があった。

「――携帯がぶっ壊れて、風邪引いた」

「どうして私が、そんなことを信じると思うの」

私はすでに涙声になっていた。篠くんが黙る。

「お父さんに怒られたの？」

「いや……」

「会いたい」

「市井」

「ちゃんと話して、お願いだから。私なんにも知らないけど、言ってくれればわかるんだから。お家の場所教えてくれれば行く」

「いや、それは」

「じゃあ家に来て」

私は言った。男の子にそう言ったのは初めてだった。この家に男の子を連れ込まないと、私は昔、お姉ちゃんと誓ったのだ。お母さんみたいにはならない、と。

「市井？」

「うん」

「泣かせてごめん」

「会いたい」

「ユウタさんになんか言われたの？」

「なんにも教えてもらえなかった。でも、ちょっとはわかる。だけどほとんどはわかんなくて、だから泣いてるの、会うまで泣き止まないと思う」

それは困る、と相手はつぶやいた。それはとても篠くんらしい台詞(せりふ)で、私は泣きながらも微笑んだ。

「市井」

「うん」

「風邪じゃなくて、ケガしてて」

「うん」

「人に会ったら引かれると思う。たぶん三日くらいすれば……」

「だれにも会わない。お母さんはもうすぐ出かけて今日はもう帰ってこないから。うち、ほかにだれもいないの。会うのは私だけ。私しかいない。篠くん、私に会いたくないの」

会いたいよ、と彼は言った。私の喉からおかしな声が漏れた。篠くんはそれからさらに十秒ほど悩み、「じゃあ、会う?」と言った。

「会うっ」

「何時ならへいき?」

「……二時半」

「わかった。それくらいには行けると思う」


私は泣き止み、顔を洗って目元を冷やした。お母さんの煙草の匂いが残っていたので、キッチンの換気扇を回して窓を開けた。お母さんは二時十分に寝室から出てきた。

「梨奈、これお姉ちゃんに渡しといて」

茶色い封筒を差し出される。入っているのはお金だと知っている。お小遣い。別にお姉ちゃんはお金に困っていないのに。

「帰ってこないの?」

「うーん。あの子、いつまでいるの?」

「よろしく言っておいて。お母さんは肩をすくめる。お財布から一万円を出すと、私にもくれた。「よろしく言っておいて。気が向いたら帰ってくる」二人は仲が悪いのだ。というか、お母さんはお姉ちゃんに叱られるのが嫌なので、帰省のときはだいたい逃げてしまう。いつもは複雑な気持ちになるところだったけど、私はそれどころじゃなかったのでおとなしく手を振った。

そして、お母さんが出て行ってから十秒ほど待ってエントランスに降りた。

二時十五分。

篠くんはなにで来るんだろう。自転車？　ケガしてると言っていた。どれくらいひどいやつ？　自転車に乗れないくらい？　人に会ったら引かれるということは、見えるところがどうにかなっているのだ。私は深呼吸して、引かない、と決める。泣かない、というのは無理そうだった。それでもせめて、部屋に戻るまでは喚かないようにしよう。

篠くんは二時半を三分ほどすぎてやってきた。

タクシーだった。彼はキャップで顔を隠し、サングラスをして、この暑いのに上着を着ていた。私は駆けていって内側からオートロックを開ける。むわっとした空気と篠くんがいっしょに入ってくる。

「市井——」

「こっち」

私は彼の手を引っ張ってエレベーターに乗せた。顔はまだ見ないようにしたからケガの程度はわからない。あまりにひどかったら泣くと思った。五階で降りて、部屋の鍵を開ける。ドアを開ける。篠くんが遠慮がちに玄関に入る。私も続いて、鍵をかけて、チェーンもかけた。篠くんはすぐ傍に立っている。

「市井、あのさ」

私はゆっくりと篠くんを見上げた。私が右手を伸ばそうとすると、相手は後ずさって背中をドアにぶつけた。

「左腕が、ちょっとまだ痛くて」囁くように彼は言った。「触らないほうがいい」

空中で右腕を静止させていた私は、まずは彼のキャップをとった。篠くんはやや首をすくめるようにはしたが、抵抗はしなかった。唇の左端が切れていて、かさぶたになっていた。両手でサングラスも取る。左目のすぐ下、頰の少しとがったところも青紫色に腫れている。グロテスクなほどではないけど、だれが見ても殴られたのだとわかる跡だった。

「来てくれてありがとう。会いたかったの」

私は言った。篠くんはぎこちなく微笑んで、右手で私の頰に触れた。私は目を閉じて、数秒そのままでいた。

ベッドの上に座るように促すと、篠くんは困ったけど、私の顔を見下ろしてすぐに諦めた。「ジャケットも脱いで」私は言う。彼は逆らわないことにしたらしい。

「見た目がグロいだけで、骨とかは無事なんだ」

それがなんの慰めになるのか私にはわからなかった。黒い半袖Tシャツから覗く左腕は、腫れ上がっている場所が三箇所もあった。赤色と紫色と黒色を混ぜたみたいな。私は、人の肌がこんなふうになっているところを、初めて見た。

「左ばっかり殴られたの？」

「まあ、右利きだから」

「携帯も壊されたんでしょう。あのお父さんに？」

私は一昨日（おととい）会った、どこにでもいそうなおじさんを思い浮かべた。暴力的には見えなかった。ぜんぜん。

篠くんが黙ったので、私は彼の右隣に並んで座った。相手の右腕をぎゅっとする。

「あの人、血は繋がってない人？」

「……うん。似てないだろ」

篠くんが苦笑する。私の瞳に涙が溜まるのに気づくと困った顔をした。

「市井、あの俺別に、日常的にぼこぼこにされてるわけじゃないからな。これは本当にひさしぶりで。嘘じゃない。ユウタさんに訊けばわかる、最後に俺が休んだのいつかって」

「いつなの？」

　篠くんは少し考えた。

「去年の冬……？」

「私にも訊いてみて」

「え？」

「最後に殴られたのいつって」

「あるの？」彼は顔色を変えた。

「ない」私は言い返す。「当たり前でしょ。普通はないの。だいたいうちはお父さんもいないんだから」

　篠くんは右腕を私に捕まえられたまま、あまり動かない左腕をどうにか伸ばして、ベッドの端にあったティッシュを摑んだ。それで私の涙を拭った。

「心配かけてごめん」

「土曜日のせい？　隠れて出かけてたから怒ったの？　嘘ついてたから？」

「そういうんじゃないんだよ。あの人は悪い人じゃないんだ——。本当に」

　私は混乱してしゃくりあげる。あいついつか刺してやるんだ、とでも言ってくれたらまだ理解できたのに。「子どもに煙草を押しつける人なんて最低よ」そう言うと、篠くんはびっくりした顔になる。

「そんなことはしない。あの人は煙草なんて吸わない」

「じゃあ、背中のはだれにやられたの？」

今度は篠くんが混乱する番だった。私たちはまだキスだってしていない、裸なんて見たこともないのだ。

「アッコの彼氏が元野球部なの」

ああ、と納得した声を出して篠くんは黙った。それから「そっちは古い傷」とつぶやく。

古い傷、と私は繰り返す。俯いていた篠くんは、私と目を合わせて苦笑した。

「最初の。っていうか、実の父親のほう。そっちのほうが百倍くらい怖かった。信じられないかもしれないけど、いまの生活って、俺にとってはめちゃくちゃ平和なんだよ。だから、そんなさ——。市井が泣くことじゃないんだ」

篠くんのお母さんは大学二年生のときに、三歳年上の人と、篠くんの妊娠をきっかけに結婚した。その人は子どもが欲しくなかったらしく、妻にも篠くん——まだ赤ん坊だった頃——にも日常的に暴力を振るった。篠くんは「ぶっ殺すぞ」と実の父親によく言われていたので、「いつかぶっ殺されるんだろう」と考えていたけど、その前に離婚が成立して、無事に生き延びた。——生き残った、と篠くんは自虐的に笑った。

　篠くんのお母さんは、今度はもっと年上の、落ち着いた会社員の人と再婚した。すぐに子どもが生まれた。女の子。篠くんにとっては異父妹。篠くんは十歳だった。大人の男の人の中には、煙草を吸わないし、自分の子どもを怒鳴らないし、攻撃してこない人もいる、ということを少しずつ知り始めていた。

「でも、殴る人だったんでしょう」

私は篠くんの腿を枕にして寝転がり、手を伸ばして、篠くんの唇の傷に触れながら言った。相手はかすかに笑う。

「一年に二、三回なんて、数のうちに入らない」

それに母さんには手を出さないし、妹たちにはいい父親だ、と彼は言った。私はまばたきをして、さっきから続いている、鈍い頭痛を我慢する。とても不条理なルールに従って生きる、異世界の人々の話を聞いているみたいだった。

「一年に二、三回？」

「——俺、母親にも似てないだろ。ってことは、パーツほぼぜんぶ、父親のなんだよ。中学のとき、俺、なんかで母さんと言い争いになって、そしたら向こうが尋常じゃないくらい怯（おび）えたことがあって。表情かなんか、わかんないけど、俺が自分の別れた夫にそっくりだったんだ。ちょうど背も追い抜いた時期だったし。それでそのときちょうど、父さんは酔ってたんだよ。あの人、煙草もパチンコもやらないけど、酒は飲むんだ、ときどき。そのタイミングが悪いとだめでさ。だから注意してればだいたいわかる。もし避けられなくても、おとなしくしてればすぐに終わる」

「今回もおとなしくしてたのに、こんなにたくさん殴られたの？」

「素手で殴るだけなら、たいしたことないよ。あの人は、自分のほうが強いって思えたら満足する。素面になると罪悪感でいっぱいになって、俺と顔合わせられなくなって、今日だって家族連れて実家帰ってるんだ。たぶんお盆明けまで。ひどい人は、そんなふうにはならない」

篠くんの基準は、実の父親にあるらしかった。周囲にバレないよう、服で見えないところをわざわざ傷つけて、笑いながら火傷させて、痛めつけて、実の子どもを気分に任せてめちゃくちゃにしていた人に。

「日曜日家にいるのは、どうして？」

相手は軽く肩をすくめる。

「別にそうしろって言われたわけじゃない。ただ、俺が家にいるほうがあの人たちは安心するんだ。学校のある日は部活、たまにバイト、日曜日は遊びに行かないで家にいれば、なにも悪いことするヒマがないだろ。俺のこと爆弾かなにかだと思ってるんだよ。いつか突然レーンから外れて落っこちて前の父親になるみたいな。だから俺は、レーンの内側から出ないようにしてたんだ」

あの日、あのお父さんは、私といっしょにいた篠くんを見て、レーンの外側に出た、とでも思ったんだろうか。

「ずっとそうしなきゃいけないの？」

篠くんは首を横に振る。

「あとちょっとで終わる」

私はその言葉の意味を考えて、身体を起こした。覗き込むように彼を見る。篠くんはやや身じろいだ。

「卒業したら、どこ行くの」

相手は口を開いて、また閉じた。この会話は前もした――。付き合って二日目のとき。まだちゃんと決めてないけど、大学には行くと思う。彼はそう言った。

「どこ行くの？」

「――どっか」篠くんはつぶやく。

「私も行く」

「東京じゃない」

「どこでも行く」

本気だった。本気でそう思った。でも篠くんはちいさく笑い、右手を私の頰にあてた。

「なに言ってんだよ。市井は東京の大学行って、都会の人と付き合うんだろ」

私は言葉をなくして彼を見た。彼は咎めているわけでも、怒っているわけでもなかった。篠くんはさっきまでと変わらず穏やかで優しく、でも自分自身のことはまるで気にしていないような口調だった。

「ごめん。聞こえてたんだ、あのとき」

「聞こえてたの？」

「声でかかったから。ぜんぶじゃないけど。——俺、市井のこと、一年のときから見たことはあったよ。廊下とか、体育祭のときとか。なんかふわふわしててさ、目がいくんだよ。市井って、楽しそうっていうか、嬉しそうな顔よくしてるだろ。きっといいことあったんだろうなあって思ってた。いつも。まさか知り合いになるとは……、付き合うことになるとは思わなかったけど」

「聞こえてたのに、オーケーしてくれたの？」

うん、と彼は柔らかく微笑む。

「うちの学校のやつならだれでも当てはまるのに、なんでよりによって俺なんだろうとは思ったけど。でも、嬉しかったから。らっきぃ、って。いつもみたいにすぐ振られてもよかったんだ。——いいんだよ、別に。もう充分、楽しかったし。ほんとに好かれてる気になったし」

「私、いまは本当に篠くんのこと、好きなのよ」

一旦は引っ込んでいた涙がまた出てきた。篠くんは困ったように首をかしげて、親指の先で私の涙を拭った。がさがさの指。

「あんまり家にいないで済むように野球部入ったけど、なくなっちゃって。でもおかげでバイト始められたから、金はだいぶ貯まったんだ。学生のままで稼げるぎりぎりまで働いて、ほとんど使ってない。だからどこにでも行ける。だれも俺のことを知らない場所がいい。生き残りって、アホみたいなあだ名だけど、でも俺、どこでもとりあえず生きていける気はしてるんだ。いままでだってそうだったんだから。あと一年くらい本気で働けば、大学入れるくらいにはなるだろ。無理そうだったら就職してもいい。家出たら帰らないし、母さんは薄々気づいてる。あの家、俺が抜ければ、たぶん普通になれるんだよ。——普通の家ってなんだかよく知らないけど」

「私も連れてって」

篠くんにはぜんぜんその気はないようだった。私は彼に抱きかかえられて、胸元に額をくっつけた。いいんだよ、と篠くんは囁くように繰り返す。

「俺やっぱ、向いてないから。市井ならほかにいくらでもいるだろ。この夏のことはさ、俺がいつか、ろくでもない大人になったとしても思い返せる、最高に綺麗な思い出みたいなもんだから。なんかそういうの一個くらい欲しかったから、市井にはめちゃくちゃ感謝してるんだ、本当に。楽しかったよ。俺、やりたいこととかあんまないからさ。市井が次から次に思いついて、それに付き合うの、楽しかった」

私は篠くんの胸にしがみついて、すべてをもうずっと大昔のことのように語る篠くんの声を聞いていた。一ヶ月にも満たない時間を、一生の思い出みたいにして、でも勝手に過去にしようとしている。

「本当にそう思うの」私は顔をあげる。「これが私にとっても、いつかただの思い出になるって、本気でそう思ってるの」

ぼろぼろ泣いている私の顔は、相当ひどいことになっているはずだった。篠くんの黒い瞳に涙はない。痛々しいほど優しい微笑があるだけだ。

「なるよ。そのうち薄れてくし、忘れたっていい。市井は東京行ってさ、お姉さんと暮らして、なんかいままでみたいに、楽しくしなよ。——こんなに泣かせてごめんな」

私はどうにか泣き止みたいのに、それがなかなかできないでいた。人生で初めて大好きになった人に、振られようとしているのだ。どうしようもないので、せめて泣き顔を見られないようにと顔を近づけて、彼の唇に唇をくっつけた。篠くんはかすかに息を呑んだ。

彼の唇は乾いていて、かさぶたは固く、キスは私の涙の味ばかりした。私はそれにまた悲しくなって、鼻先同士を擦り付けるようにして何度も顔を近づけた。そのうち篠くんは、ベッドに座り直し、右腕を私の頭の後ろに回して、自分にぐっと押し付けた。

翌日の明け方、ふたりでマンションを出た。

篠くんの家族はお父さんの実家に帰っているので、外泊がバレることはない。私もお母さんが帰ってこないから大丈夫。夏休みの早朝は、セミもまだ鳴き声のボリュームをあげきっていないようで、静かだった。泣き腫らした目を隠すために篠くんに借りたサングラスのせいで、景色はすべて深い藍色に見える。

卒業した後に連れていってくれないのなら、いまどこかに連れていって。私はそう懇願したのだ。

いま。すぐに。この夏に。

私はお姉ちゃんの封筒と自分の、合わせて六万円を持っていた。篠くんはコンビニでおなじ額を下ろした。それでどこへでも行ける気になった。いつまでも、どこまでも、いつかどこにも行けなくなるまでは。

「市井」

篠くんが呼ぶ。選ぶ余裕もなく履いてきたビーチサンダル越しにアスファルトが生暖かい。私は篠くんの腕に額をつけて目をつぶる。高校最後の長い夏。これからもっと暑くなる。

この夏が終わっても、私はまだ生きられるのかしら、とちらり思った。

夏の直線

東京から車で二時間半ほどかかる海辺の町に、父の別荘はある。

別荘といっても豪華なログハウスなどではなく、単身者向けのちいさなアパートの一室だ。バス・トイレ・キッチン付き十畳のワンルーム。三階建ての建物の一番上の角部屋で、ベランダからは海が見える。十五分も歩けば浜辺に着くが、陰気な雰囲気のする薄汚いところで、地元の人ですら滅多に行かない。それに、車で二十分ほど走ったところには遠方からも海水浴客が来るような美しいビーチがある。十年くらい前にホテルができてからは本格的なリゾート地となり、夏は混み合うが、変わり者の父はこの町を選んだ。泳ぐわけじゃないんだから、と彼は言っていた。俺は波の音が聞こえて、ひとりになれる場所ならどこでもいいんだ。


「わざわざここにこもりたいなんて、羽白(はしろ)もあの人の子ね」

窓を開けて部屋の空気を入れ換えながら、母が息をつく。僕たちの認識が正しければ、父が最後にここに来たのは二年前の夏だから、部屋はそれ以来使われていないはずだ。それにしてはあまり埃(ほこり)っぽくない気がした。窓際にデスクとイス、本棚、あとは簡易ベッドしかない。勉強をしに来るにはもってこいだ。

キッチンの冷蔵庫は、電源を入れたばかりなのでまだ冷えていない。母はそこに、家から持ってきたさまざまな惣菜を保冷剤ごと突っ込んでいる。カウンターにはインスタント食品と近所で買ってきたパンが山積みになっている。玄関脇にはペットボトルの水の入った段ボール。世界の終わりまで生きていられそうな量だ。

「これで足りるかしら」

「足りなくなったら買いに行くよ」

「でも、バス停まで歩いたら二十分ちかくかかるのよ。この炎天下！　せめてコンビニの一軒でも近所にあれば安心だったのにね。商店街とか」

そういう立地じゃひとりになれないだろう、と考えながら、僕はその後に続いた父への愚痴をひととおり聞き流した。やがて彼女は満足して荷物をまとめる。姉はリゾート地のほうのビーチで遊んでいて、今日は二人でホテルに泊まってから帰るらしい。中学生までは僕も参加していた流れだ。今年も誘われたものの断った。高二にもなると、たいていのことは「受験勉強がしたい」と言えば回避できるのが、とても便利でいい。

「なにか困ったことがあったら連絡してね、明日の夕方くらいまではいるつもりだから」

うん、と返事をする。ようやく母が出ていくと、僕は部屋の鍵を閉めた。階段をおりる音、車のドアの閉じる音、彼女が走り去る音。どれもよく聞こえるのが面白かった。田舎は東京よりも音が響く気がする。遮るものが少ないからだろうか。

この部屋に来たことは何度かあるが、いつも父をここに送るついでだったので、ひとりになるのは初めてだった。僕の部屋よりはずっと広く、物も少ないので、がらんとしているように感じる。母のつけていったエアコンを消し、ベランダに出て海の香りを吸い込んだ。三階建てというのはここらへんでは一番高い建物で、だからずいぶん遠くまで見渡せる。青空を見上げればトンビが飛んでいる。かん、と音がしたので視線を足元に向けると、錆(さ)びた空き缶が転がっていた。父が灰皿がわりに使っていたものだろう。

室内に戻る。窓を閉めると、からからから、と鳴った。僕はエアコンのスイッチをつけ直して、持ってきた夏休みの宿題をデスクに広げる。家にいるときはいつも音楽をかけているのに、ここにいるとその気にならなかった。すでに静寂が鳴っている。

僕はこれから一週間を過ごすことになっている部屋をぐるりと見回し、読む本を探して父の本棚を漁(あさ)った。

父は小説家だった。過去形にしたのは死んだからではなく、現在どうしているかわからないからだ。彼は僕が中学を卒業した春、煙草(たばこ)を買いにいってくると言って家を出たきり帰ってこなかった。母は「せめて予告してほしかった」とこぼしたが、いずれいなくなることは察していたようだった。「放浪癖のある人だから」と。姉はそもそも父が嫌いだったので喜んだ。僕は、中学を卒業した夜に父と交わした会話を思い出した。

――羽白、お前、高校行きたいのか。

場所は父の書斎で、僕は一応、卒業証書を見せにいったのだった。

――普通は行くよね。

僕はそう言うしかなかった。中高一貫の私立校だったから、高校の受験はなかった。だから高校に行くことにたいした期待も恐れもなかった。おなじメンバーと隣の建物に移動するだけだ。

――そうだなあ。

父はそう笑い、おめでとう、羽白、と続けた。僕は彼に変わった名前をつけられただけの普通の子どもだったので、突飛な発言をしがちな父とは話が合わなかった。そして、それが彼と交わした最後のまともな会話だった。あのとき「行きたくない」と訴えていたら、いま自分はどこにいただろう、と、あれから僕はときどき考える。彼はいっしょに連れていってくれただろうか。

僕らの生活は父の失踪後もあまり変わらなかった。もともと彼は、生活が不規則で家族と食卓を囲むことは滅多になく、原稿依頼が溜まればどこかに泊まりがけで書きにいき、夏は一ヶ月ちかくここでひとり暮らしをしていたので、「生活」にはほとんど関わっていなかったのだ。ただし存在感がなかったのかといえばそうでもなく、少なくとも僕は、いまでは書庫となった彼の部屋に足を踏み入れるたび、糸の切れた凧のようなふわふわとした感覚に襲われる。

失踪というのは、死亡よりも性質が悪いと思う。

僕は姉とちがって、父を嫌ってはいなかった。でも、理解できると思ったこともあまりなかった。だが少なくとも傍にいれば、自分と彼との距離はわかる。いずれ大人になればわずかでも近づけるのかと思っていた。しかし相手がどこにいるのかわからないのであれば、距離感も摑めない。

だから、たとえこの別荘にこもって父のようにひとりで過ごしてみたとして、彼に少しでも近づけるのかは、わからない。

本棚に並んでいるのは、外国の本が多かった。主人公が南の島に行くという内容の児童書とか、山奥の小屋に人が何人も監禁されて殺されていくミステリィとか、夏に別荘で読むのにふさわしい（と父なりに考える）本が揃っているようだった。一日目はその中から一冊選び出し、陽が落ちてからはエアコンを消して、網戸越しに海の香りを嗅ぎ、波の音を聴きながら本を読んだ。夕食はインスタントのラーメンと母の惣菜。網戸にはときどき虫が飛んできた。気が向けばしばらく観察して、目障りになったら内側から指で弾いた。不意打ちを喰らった虫たちは音もなく夜の闇に消えていった。

翌朝に母から電話があって、母と姉と三人でランチを食べた。「ネットもテレビもないところに引きこもるなんて、お金もらったってやりたくない」と姉は言い、母もおなじ意見だった。彼女たちは最後にホテルでマッサージを受け、道の駅に寄ってから帰るらしい。僕は、帰りはひとりでバスとローカル線と新幹線を乗り継ぐ予定だった。父がそうしていたように。

三時過ぎに、姉から「じゃあ私たちは帰るから」とメールがきて初めて、本当にひとりになれた気がした。

数学の問題集をキリのいいところで閉じ、デスクの引き出しをすべて開けていった。二段目に開封済みの煙草とライターが、一番下の深い段にウイスキーの瓶が入っていた。僕は笑ってしまう。本当にこんなことをする人がいるのか、と思った。煙草は父の吸っていたセブンスターではなく、見たことのないパッケージのもので、異様に甘い香りがした。僕はそれをデスクの上に出してしばらく眺める。煙草にも賞味期限があるんだろうか。とりあえずは手をつけず、インスタントのスープパスタを食べた。本を読み、問題集の続きをして、とうとう諦めて煙草を持ってベランダに立った。とにかく火をつけて吸えばいいのだ——。足元の空き缶を立て直す。まだ夜の九時だが、アパート前の通りは人はおろか車すら滅多に通らず、木造平屋建てに暮らす地元の高齢者たちの大半はすでに眠っているようだった。海は空よりも黒く、ずっと向こうに建つ巨大なホテルだけが、場違いなところにやってきた貴族のように目立っている。

指の間に煙草を挟み、口にくわえる。湿気ってる気がしたが、初めてなのだからなにがわかるだろう。ライターで火をつける。二度失敗して、三度目で成功した。軽く咽せた。何度か咳き込んでから吸い込み直す。

美味しいとは思わなかった。

ただ、父もここでこれをやっていたのだ、とは思った。

この景色を見て、波の音を聴いて。彼ならそのうちなにかしらの物語を思いついたんだろうが、僕にその才能はないので、ぼんやりとした。それから空き缶ごと室内に入り、煙草を吸いながら本を読んだ。二本目はもう少しそれらしく吸えた気がする。箱の中身は残り十五本だった。ここにいる間、一日三本は消費できる計算になる。

シャワーを浴びて、日付が変わる前には眠った。夢の中まで侵入してくるような波の音をBGMにして、明日は外に出よう、と思った。「まるで行く価値がない」と母の罵った浜辺を見てみよう。

三日目は、朝にフルーツとパンを食べた後に外を散歩した。まずバス停の場所を確認し（十分ちょっとしかかからなかった）、漁船の駐車場のような、地元の人のものと思われる船が大量に置いてある空間で野良猫を触った。人ひとり分ほどの幅しかないコンクリートの階段をおりると砂浜に着いた。砂は濃い灰色で、海藻やゴミが大量に打ち上げられているせいでたしかにあまり美しく見えないが、話で聞いていたよりも悪くなかった。端から端までで百メートルもない。右端は民家、左端は岩場に面していて、出入りするとすれば僕が使った階段しかなさそうだった。海水も濁っているわけではない。海を挟んで向こうに見えるビーチは立派な観光地になってるんだから、そんなに差があるはずがないのだ。僕は拾い上げた流木で波打ち際にいたくらげを海の中に放ったり、ジーンズの裾を折って足だけ水に浸かったりした。太陽は徐々に昇り、光は水面にぎらぎら映る。潮風のせいで肌がざらざらする。

アパートに帰ってもまだ十一時で、世界がひどくゆっくり回っているように錯覚した。外出している間、車は何台か見かけたが、歩いていたのは腰が曲がっているせいでほとんど僕の腰ほどまでの高さしかない老婆のみで、杖をつき、時速五十メートルくらいの速度で歩いていた。この町の時間は、彼女に合わせて動いているのかもしれない。

テレビはなく、歩いていて電光掲示板があるわけでもないので、ニュースが入ってこない。パソコンも持ってきていないし、この部屋はネットにも繋がっていないので、スマホもあまり見ていない。東京を出てもう一週間くらい経っている気がした。本は五冊目に突入している。

ほかに、ここに来た父がやっていそうなこと。

あの人なら、夜も出歩いただろう、と想像はついた。夜の空を見上げて――。星を眺めて物語を作るのは、人類の原点だと言っていた。これだけネオンのない場所なら、夜空はさぞ綺麗だろう。

窓に寄りかかり、ベランダから空に視線を向ける。だが、星が見たいとはあまり思わなかった。慣れたふりをして煙草に火をつけ、読みかけの本を開く。今夜はやけに蒸し暑いから窓は開けず、エアコンのよく効いた部屋は静かで、このちいさな町の中でぽっかりと浮かんでいるみたいだ。

明日にしよう、と思った。夜に出かけるのは、きっと明日にしよう。

そんなふうに過ごしていたせいで、僕は四日目の夜まで彼に出会えなかった。

その日は朝一番のバスに乗ってホテルのすぐ傍に行き、観光客向けのコインランドリーで洗濯をした。百年ぶりくらいにコンビニに寄り、弁当と缶コーヒーを買ってアパートに帰った。暑い時間は宿題をして、夕陽が沈んでだいぶ経ってから、出かけるか、という気になった。

煙草とライターをポケットに、コーヒーの空き缶を片手に持ってアパートを出た。階段をおりる音がやけに響いた。一階の郵便受けを照らす蛍光灯に蛾が集まっている。甲虫類がぶつかる音もする。やはり、東京にいる頃よりも、人間以外が生きる音に敏感になっている。

通りまで出てから、スマホくらい持ってくればよかったかもしれないと思いついた。浜辺に街灯があるはずもない。暗かったら懐中電灯代わりになったのに。だが、戻るのは億劫だった。やや躊躇いつつ空を見上げる。月は半月の少し手前くらいのサイズでたいして明るくはない。でも、そう、星はたしかに綺麗かもしれない。

美しい星空には、いつも後ろめたさを覚える。

ざあ、ざあ、と、波。足音は自分のものだけ。八時少し前、民家の中には明かりがついているところもある。カーテンを閉めずにテレビを見ている老夫婦がいて、古い映画の一場面のような絵面が一瞬見えた。だがすぐに目を逸らした。夜にひとり出歩いている見慣れない怪しい若者がいると思われては困る。

階段をおりて、砂浜に足をつく。

濃密な海の気配。あらゆる濃淡の灰色を集めたみたいな場所。海も、砂も、海藻も、流木も貝殻も小石もゴミも、すべて種類のちがう灰色に塗り潰されている。遠くから見れば自分もおなじ色に紛れているにちがいない。波打ち際に立ち、空き缶に少量海水を汲んだ。座れるような場所はないから、立ったまま煙草に火をつけた。じじっ、と。色のない世界では、炎がいつもより赤く、赤く、赤く燃える。

「おじさん！」

黒い水平線を眺めてぼんやりしていた僕は、その声にびくりとした。

声は中性的で、男女の区別がつかなかった。かといって子どものものではない。僕は年齢を間違われることはたしかに多いものの、「おじさん」と呼ばれたことはさすがにない。だから自分が呼ばれているとは思わなかった。だれか来たのかな、自分以外にこんなところに来る人がいるのか、と考えながら振り返ったのと、ぱたぱたぱた、と階段をおりてきた人影が急ブレーキをかけたのは同時だった。

「――っ」

相手は声にならない悲鳴をあげて、僕から十メートルほどのところで立ち止まり、そのまま膝から頽れた。意味がわからなかった。浜辺には僕ら二人しかおらず、つまり相手は間違いなく僕に駆け寄ってきたことになる。そして、こちらが振り返ったのと同時に座り込んだ——。人違いにしてはおおげさな反応だった。ウィンドブレーカーみたいなものを着ていて、フードをかぶって俯いているせいで顔はわからない。おそらくは中高生くらいで、下も足首まであるジャージを着て、ビーチサンダルを履いていた。この暑いのに露出しているのは足だけで、その肌は月とおなじくらい白い。

僕は煙草を空き缶に入れて消した。じゅ、と音がする。放っておくのも手だよな、と考えた。それが一番無難だ。このまま立ち去ればいい。だれもいない海辺の神聖さは、この闖入者によってすでに失われた。

——だけど。

父がいたら、どうしていただろう。

空を見る。一息ついて振り返る。相手はまだ座り込んでいる。震えているようだった。

「大丈夫ですか」

ゆっくりと近づきながらとりあえず、自分はまともな人間だと態度で示した。ちょっと夜の海辺で喫煙していただけで、それ以上の反社会的な行動を取る気はない、と。

「ごめんなさい、ごめんなさい、ごめんなさい……」相手は繰り返し謝った。囁くような音量で。「人違いでした。ごめんなさい、僕を見ないでください……」

それで、男か、と思った。それから別れるまで、僕は彼を男と認識して接したが、よくよく考えてみれば僕は最後まで彼の顔は見ておらず、声は極めて中性的で、視界の端でかすかに確認した髪型はおかっぱにちかかったから、彼の生物学上の性別は断定できなかった、というのが正確な言い方になる。でも、とにかく最初の夜に、僕は彼を「彼」だと思った。

「どこか具合でも？」

相手は首を横に振った。それからまた「ごめんなさい」とつぶやいた。

「人違いでした。たば、煙草の匂いがおなじで、それで……。すみません。人違いでした。僕を見ないでください。大丈夫なので、どうか……」

腕が粟立ったのを、僕は感じた。

ジーンズの右ポケットは煙草のせいで膨れている。

「……あの」

五秒ほどの沈黙の後、僕は口を開いた。声がやや掠れた。ざあ、ざあ、と、波。僕ら以外にだれもいない夜の砂浜。

「そのおじさんというのは、僕の父のことかもしれません」

「――……」

両腕に顔を埋めるようにして黙り込んでいた相手の動きが、ぴた、と止まった。こちらを見上げることはなかったが、震えが治まったように見えた。

僕はさらに一歩近寄って、彼のフードの頭頂部を見下ろした。

「おじさんの名前は？」

「……知らない。でも、じゃあ、君は……」ちいさな声で遠慮がちに、彼は訊いた。「金星の人？」

息を吐いた。空を見た。父は宇宙を愛していた。羽白（はじろ）というのは、金星の古名なのだ。僕の名前の読みはハジロではなくハシロだが、由来はそれだった。

「そうです。父と知り合いなんですね」

彼はずいぶん長い間黙っていた。それからやっと両腕の防御を解き、しかしフードは脱がず、顔もあげないまま、頷（うなず）いた。そして、

「僕はアオ」

と名乗った。変わった名前だと思ったが、僕はまったく、人のことは言えない。

　父はいくつかのペンネームを使い分けていた。ひとつでは飽きるのだと言っていた。ミステリィばかりを書く初老の男性と、軽い文体で怖かったりグロかったりとにかく人がよく死ぬ話ばかりを書く若い男性と、幻想的な語り口でどこか切ない青春モノばかりを書く女性、というのが主な三つの人格で、その設定に合わせてペンネームを変えていた。多作

だったのだ。ごく最近、この女性——遠木皆子（とおぎみなこ）という名前だった——の作品分の印税振込先が母の口座に変更されたので、僕らの生活費は、彼女の印税から成り立っている。そして彼女の作品の中でもっとも有名で、発売から三年経ってもじわじわと重版を続けているのが、『やがてそこに沈む』というタイトルの本だった。人口二千人ほどのちいさな島に遊びにきた少年は、ある日海辺で人魚に出会う。人魚は美しく、性別は不明なものの少年は恋に落ち、長い休みのうち海辺で過ごす時間がだんだんと増えていく——、というような話で、その人魚の名前は、「アオ」という。

　ということで、僕はアオが名乗った瞬間に、ああ、あの人魚にはモデルがいたのか、と思った。相手が僕を「金星の人」と認識したのと似たような話だ。だがアオ自身は、自分が小説家に勝手にネタにされたことを知らないようだった。というか、父が小説を書いていることすら知らなかった。

　彼はまず話をする条件として、絶対に自分の顔を見ようとしないこと、というのを挙げた。ちいさな頃に事故に遭（あ）い、顔を含めた身体中（からだじゅう）にひどい火傷（やけど）の痕（あと）があるのだという。

「父には見せたの？」

「ううん」アオは首を横に振った。「おじさんは、絶対に見ないと約束してくれたし、見たことはないよ。普通の人は、そのうち見ようとしたり、忘れてうっかり振り返ったりするんだけど。でもおじさんは、絶対に見なかった」

そう、と僕は頷き、じゃあそのとおりにしよう、と約束した。僕は再び海に向かって立ち、アオは僕の左斜め後ろに立って会話することになった。奇妙で、どこか浮世離れした体験だ。すぐそこにいる人と、顔を合わせずに話す。

「夏にはいつも会ってたの？」

「そう。初めて会ったのは、小学六年生のときだった」

「何年前？」

「四年前」

「じゃあ、僕と一歳違いだ」

「うん、そう」相手は返事をした。「おじさんにも言われた。俺の子どもとちかいなって。でも、君のほうがずっと大人っぽいね」

僕は肩をすくめるしかなかった。こっちはろくに相手の外見を見ていないし、向こうもたいして変わらないはずだ。アオの口調はたしかにどこか幼いと感じたものの、印象でしかない。

「おじさんはなにしてる人だったの？」

「小説を書いてた」

「本を出してるってこと？」

「そうだよ」君も出てくるよ、とは、とりあえず教えないでおく。「毎年毎年ここに来て、ぶらぶら過ごしてる人を、なんだと思ってたの？」

「普通のサラリーマン。自分でそう言ったよ。いろんな会社に、オフィスに観葉植物を置きませんかって電話をかける営業だって。朝は喫茶店でごはんを食べて、昼休みにはハトにエサをやるのが日課だって」

僕は笑った。父はそういう作り話が得意だった。慢性的な嘘つきで、内容はどれも絶妙にリアルで、どこまでが本当なのか嘘なのか、ひどくわかりにくい。

「なんて本を書いてるの？」

「いろいろ」

「今年は来ないの？　君だけ？」

僕は振り返りかけたが思いとどまった。見てはいけない。民話にありがちなタブーを連想して、ああ、だから父はあの物語を書いたのだ、と思った。人魚の話の終盤、少年は水に入り、人魚に近づくことを許されるが、けっして海に潜ってはいけない――、つまり、顔を海水につけてはいけない、という制約が課される。

見てはいけない。

見てはいけないよ――。

「父と最後に会ったのはいつ？」

「夏だよ。去年の」

「——去年の？」

　僕はまた振り返りかけ、中途半端な位置で首を止める。相手が腕をさっとあげて、顔を隠しているのを感じた。

「うん。来るのは夏だけでしょう」

「去年も会ったのか」

「そうだよ。どうして？」

「——去年は、来てないと思っていた」僕は失踪については濁した。「いつもどおりだった？」

「ううん。七月の頭くらいに来て、一週間とかしかいなかった。仕事を辞めたって言ってたよ」

「営業の仕事？」

「そう」

「次はなにするって？」

「営業はもう飽きたって。しばらく日本中を旅して、気に入った場所があればそこで喫茶店でも開いて暮らすって。いままで行ったことのない、雪深い山とかがいいって言ってたよ」

　あの寒がりがなに言ってんだ、と僕は思った。

「ここにはもう来ないのって訊いた」

「父はなんて答えたの」

「さあな、って。でも家は残しておくから、また来ることもあるかもしれないって」

父の問題は、言っていることの八割が口から出まかせだということだ。そしてもっと厄介な問題は、あとの二割が真実というわけでもなく、それも嘘と真実のごちゃ混ぜで、その割合は本人にもわかっていない、ということだった。それがますます話をややこしくするのだ。彼は本当に日本中をふらふらしているかもしれないし、アオと話したときはいつか喫茶店を開くのもいいなと本当に思っていたかもしれないし、雪を見たいとも思っていたかもしれない。なにかで読んだ本や映画に影響されていたのかもしれない。

「――そうだね」僕は答える。「今年は来ないと思う。気分屋だから、わからないけど」

なんだあ、とアオは息を吐き、でも、金星の子に会えたのは嬉しい、と続ける。金星の子。童話の登場人物みたいだ。

「いま、何時かわかる？」

僕は月を見て訊く。左斜め後ろで、アオはなんらかの手段で時間を確認した。

「わあ、もう九時だ。帰らないと」

「どこに住んでるの？」

「近くだよ。歩いて五分くらい。ねえ、君はいつまでいるの？」

「土曜日には帰るよ」

なんだあ、と彼はもう一度息を吐いた。それから三秒くらい黙って、「明日もここに来る?」と訊いた。

うん、と僕は答える。ビーチサンダル、波打ち際、闇色の海水。明日もここに来て、人魚のモデルと話す。父の影を捜してこの町に来た僕としては、歓迎すべき予定だった。

「ほんと?　陽が沈んだら、僕も来るよ。でも、ねえ、こっちは見ない約束だよ」

わかった、と僕は返す。アオはくすくすと笑った後、「じゃあね、おやすみ」と囁いた。

ぱすっ、ぱすっ、と、彼のサンダルが砂浜を歩く音が遠ざかる。階段をあがる音はもう少しはっきり聞こえた。僕は辛抱強く振り返らないでいた。たっぷり十秒ほどかぞえてから顔をあげ、周囲を見回す。浜辺は元どおり灰色の世界に戻っていた。この薄暗い空間から楽園のような南の島の物語を思いついたのだから、父の想像力はすごい。

僕は、アオの足跡をたどるようにして砂の上を歩いた。そうやって、自分が会ったのは幻なんかではないと確かめたのだ。


翌日もやっぱり、僕らは八時頃に会った。その日はアオが先にいて、僕は階段の上から彼を見つけた。もちろん相手は海を向いていて、昨日とおなじ服装でフードをかぶっているので、顔は見えない。とても痩せているというのが、シルエットからわかった。ビーチサンダルは傍に脱ぎ捨てられていて、青白い足は濡れて光っている。海に入ったんだろうか。

「アオ」

僕は呼ぶ。彼は「金星」と応えた。もしかしたらそれが僕の本名だと信じてるのかもしれない。「俺の子どもの名前は金星っていうんだ」程度のことは、父は嘘とも思わずに言うだろう。

「いま、そっちに行くよ」

彼は振り返らない。僕は砂浜におりてゆっくりと近づいた。昨日よりも風があり、アオのフードはばさばさ揺れている。彼はそれを左手で押さえた。僕は彼の斜め後ろに立ち、手で風を避けながら苦労して煙草に火をつけた。彼はその匂いを嗅ぎつける。

「それ、おじさんのなの?」アオが訊く。

「そう。部屋で見つけた」

「君、高校生じゃないの?」

「高校生だよ」

相手は笑った。

「あのね、おじさんに会ったとき、僕は海で泳いでたんだ」

「夜なのに？」

「夜だからさ。そんな時間にここに来る人なんて普通いないから。僕、泳ぐの上手なんだけど、人に見られるのはだめだから、夏はこっそりここを使ってた。近所だしね。最初は波打ち際から始めて、だんだん深いところに行って……。夜の海で泳いだこと、ある？」

僕は首を横に振り、それから気づいて、「ない」と答えた。

「怖いんだ。怖いんだけど、だんだん慣れてくる。怖くなくなるんじゃなくて、怖いのに慣れるんだ。ばあちゃんとかは、危ないからやめなさい、いつかさらわれるよっていまだに言うんだけどね。おじさんが来たとき、僕は仰向けで海に浮いていた。空を見てたんだよ。で、気配に驚いてすぐに海に潜った。でも、息が続かなくなって。しょうがないから、首から下ぜんぶ浸かるくらいの深さのところに、おじさんには背を向けるようにして立った。いまみたいにね。僕の水着は、ウェットスーツって、ほら、サーフィンとかする人が着てるみたいな、全身隠せるやつで、でも、顔はどうしようもないでしょう。だからそのままそこに立ってた。そのうちいなくなるかと思って」

「いなくならなかっただろう」僕は煙を吐き出す。

「うん」アオは笑った。「困ってたら、波打ち際ぎりぎりのところまで来てさ、気持ちよさそうだなって話しかけてきた。僕はそれでもずっと黙ってた。その後もいろいろ言って、でも最後には、どうしてこっちを見ないんだいって訊いてきた。僕は顔を見られたら困るからですって答えた。そうしたら、そうか、って言って、少し離れたみたいだった。十秒くらい静かだったから、顔を手で覆って、目だけで恐る恐る振り返ったら、岩場と向かい合って煙草を吸ってた。僕はそうっと岸にあがって、ジャケットを着て、逃げるようにね。階段の上から見下ろしてもまだ岩場のほう向いてたから、ちょっと心配になって、僕もう帰るからあと十秒したら大丈夫ですって叫んだの。そうしたら、オーケーって、右手振ってくれた」

父はそういう人だった。嘘つきだったが、基本的に悪意はなかった。いい加減なことばかり言うくせに、ときどき恐ろしく誠実なことをするのだ。「そのギャップで人を騙すんだから、詐欺師よね」と母は言い、実際に彼女は、自分は被害者だと言っていた。「結婚して子どもまで作っちゃったんだから」と。

「それで?」

「気になるから、次の日も夜に行ってみたの。今日みたいに、僕は海には入らずに立ってた。そしたらおじさんは八時くらいにここに来て、後ろから、昨日の子だ、って言ってきた。そうですって僕は返した。そのままずっと黙ってたから、僕が先に口をきいた」

——どうして顔を隠すのか、訊かないんですか。

——理由があるのか。

――普通あるでしょ。

――どうかな。俺、なんでそんなことするのってよく言われるけど、理由なんかないことばっかりだぞ。

それはまったくそのとおりだ、と僕は思った。

アオは僕に説明したように、事故のせいなのだと説明した。へえ、と父は納得し、そんなことより、と言った。ここから見る星は綺麗だな。あのホテルが馬鹿に明るくて邪魔だけどな。ほら、見てみろよ。

「夏の直線ってわかる？」アオの口調は楽しげだった。

「――うん」僕は返した。

「やっぱり？　僕、知らなかったんだ。おじさんが教えてくれてね。あんまり星座に詳しいから、学校の先生かなにかなのかと思ったら、ただのサラリーマンだって言った。で、金星って名前の子どもがいるって」

僕はゆっくりと息を吐く。星の話も、自分の名前の話も、あまり好きではなかった。

腰を折って、短くなった煙草を空き缶に入れる。ざあ、ざあ、と、波。月の光が海の一部を青白く照らしている。そして照らされない部分の闇を一層濃くしている。

「今日は波が高いけど。でも、もし明日天気がよかったら、君も帰る前に少し泳いだら。夜の海。静かで、とても気持ちがいいよ。昼に泳ぐとさ、生きてるって感じがするでしょう。――もう、僕が覚えてるのは、ずいぶん昔の話だけど。でも夜は、少しずつ死んでくみたいで、怖いんだけど、でも、楽しいんだ」

どんな表情で言っているんだろうと思った。海辺に。立って。僕からは。後ろ姿しか。見えない。本当にアオかどうかもわからない。振り返ったらそこに、顔はあるんだろうか。

――どんな?

「水着なんて持ってないよ」僕は答える。

「そうなの？　残念」フードがかすかに揺れる。俯いたのだ。「おじさんは、喜んでくれたんだけどな」

「――あの人が泳いだの？」

「うん。二回だけね。最初の年と、あと、去年も。泳いだっていうか、いっしょにぷかぷか浮かんで、空を見てたの。――ああ」アオは唐突に左腕を持ち上げた。腕時計をしているらしい。「帰らなきゃ」

そのまま動かなくなる。僕は気づいて、浜辺を見回した。そして父がそうしたように、岩場に向き合った。ぱたぱたぱた、とアオが動く気配がしばらくした。それから「あと十秒ね！」と彼は叫んだ。僕は定められたとおり右手を振って応えた。十秒かぞえて振り返るとき、少し怖かった。なにかがまだいる、と思った。でも、灰色の薄闇の中には、だれもなにもいなかった。理由はわからない。

朝、目を覚ますと、昨晩のことは長い夢の中の出来事みたいに感じた。あるいは一昨日(おととい)の夜からのことすべてが。僕はフルーツとパンとヨーグルトを食べる。最後にインスタントのコーヒーを作って煙草の箱の中身をかぞえる。残り八本。昨日の朝は十本あった。時間はたしかに進んでいる。

夏の直線。

僕は小学校低学年のときにその話をされた。お前の名前は星の古い名前だ、というところから始まり、いろんな星座の話をされたが、僕は自分の名前は「変わってる」としてあまり気に入ってなかったし、星空の話は難しくてよくわからなかった。「夏の直線」はそのときに出てきたもので、夏、南の空に赤っぽく光っているのがさそり座のアンタレス、それを指さして、その指をそのまま右にすうっとスライドさせて、白く大きく光っているあの星とを結んだのが夏の直線だ、と説明された。僕はそれを大真面目(おおまじめ)に受け止めて、学校で発表した。そんなものはない、と担任は顔をしかめ、クラスメイトには笑われた。混乱して家に帰ると、母が慰めてくれた。かわいそうにね――。お父さんは嘘つきなのよ。わからないことがあったらお母さんに訊きなさい。

――どうして嘘をおしえたの。

夜、ベランダで煙草を吸っていた父を責めると、彼はひどく驚いた顔をした。嘘なんか教えてない。僕はそれに苛ついて、嘘つき、と詰った。お父さんの嘘つき。嘘つき。嘘つき――。

――そうじゃない、羽白。俺は、そういうお話があるって教えただけだ。物語を嘘って言っちゃいけないんだ。

そうつぶやいた父は悲しそうだったので、僕は黙った。でも、母と姉は僕の味方だった。どう説明したって、羽白はお父さんのせいで学校で恥かいたんだから。四面楚歌となった父はごめんとつぶやき、僕の頭を撫でた。ごめんなあ、そんなつもりはなかったんだよ。僕は大泣きして抱きしめられた。母と姉はかわいそうかわいそうと繰り返したが、僕はもはや自分のことで泣いてはいなかった。父を傷つけたのだと知っていた。父を、そして父がなにか大切に思っているもののことを傷つけた。自分のせいで。それがとても悲しかった。

父が僕を膝に乗せて、好き勝手話すことはなくなった。夜空を見上げれば、ほら、金星だ、くらいは言ったが、星座の話はもうしなかった。彼自身、どの星座が本当に存在して、どの星座が自分のでっち上げなのか、もはやわからなかったのだろうと思う。僕らはぽつぽつとした会話しか交わせなくなり、彼はやがて雪の降る山を探していなくなった。

僕は順調に、面白みがなくて現実的な人間に育っている。

この夏ここに来て父の煙草を吸ったことが、人生で初めて意図してやった悪いことなのだから、あの人の子とは思えない。

再びバスに乗ってホテルの近所で降り、コインランドリーで洗濯をした。待ち時間には『やがてそこに沈む』を読んだ。父の本棚にはなかったが、ちょうど文庫版が出たタイミングで、ホテルの中のちいさな売店で見つけたのだ。一日一本しかない連絡船で行く島、真っ白な砂浜と澄み切った青い海。これを読んで、僕がアオと出会った場所を思い浮かべる人間はいないだろう。

ホテルのロビーでは水着も売っていた。僕はしばらく売り場を眺めて、悩んだ末に一番安いものを買った。バスでアパートに戻って遅い昼食にする。学校の宿題は、とりあえず数学と国語の問題集は終わった。これで母になにか訊かれても答えられる成果にはなる。

夕食は残り物すべて。来年までもつようなインスタント食品は残しておいても問題ないはずだ。コーヒーを飲みながら『やがてそこに沈む』を読み終えるときっかり八時だった。

このちいさな町は、夜、僕とアオしかいなくなる。

洋服の下に水着を着て、僕は家を出た。

風はほとんどなかった。だから波もちいさかった。そしてアオはまだいなかった。僕は煙草を一本吸った後、水着だけになって波打ち際に立った。足の指と指の間の砂が波にさらわれて沈んでいく。水は冷たかったが、寒いほどではない。気温はまだ充分に高い。足首まで浸かった。足の裏で砂がざらざらしている。海の水は、近づくと黒くはなく透明だとわかる。怖い？　怖いかもしれない。夜の海は、昼の海よりは、怖い。単純に危ない。ここでなにか起こっても、だれも知ることはない。

「金星！」

膝まで浸かったところでアオの声がした。水面を見つめていた僕は振り返りかけて、途中でやめた。

「アオ」

「水着買ったの？」

「うん」

「僕も入っていい？」

僕はまた一歩進む。水深は腰ほどまである。海でいっしょに泳ぐ、しかし互いの姿は見ない、というのは、いよいよ難しい気がした。

「大丈夫」察したらしいアオが言う。「追い抜かさないから。いきなり振り向かないでね」

「――父は、本当に君を一度も見なかったの？」

ちゃぷ、ちゃ、ちゃ、と水に入る音がした。僕はアオの足を思い浮かべる。彼の身体で唯一見たことのある部分。白い肌。月に照らされて。

「どうして？」

「――なんとなく」

本の中で、あらゆる「見るな」のタブーを課された主人公とおなじように、少年は海に潜り、人魚の全身を見てしまう。彼がなにを見たか、は描写されない。少年の驚愕と人魚の嘆き、そしてすべてが海に消えるという結末が描かれるだけだ。

「ほんとうはね」

見てはいけないと、言ったのに。

アオの声が近づく。僕は水平線に視線を固定したまま、首筋がぞくりとしたのを感じる。腕に鳥肌。生暖かい空気。

「一度だけあるよ。でも、あれは僕が悪かったんだ」

「どういうこと？」

「最初の年、こうやって海に入ったとき、僕、おじさんがろくに泳げないって知らなくて。浮いてるときに、ふざけてお腹のあたりを押したんだ。そうしたら腰が曲がって、ざぶんって沈んで、おじさんは目をつぶってたんだけど、それでびっくりして目を開けたの」

「――それで？」

「目が合ったから、僕は逃げた。おじさんは自力で立った。――浅いところにいたから。それでしばらく首をやじろべえみたいに動かした。耳に水が入ってね。僕は海から出て上着を取りにいった。見られたなら嫌われると思った」

「それで」僕はほとんど責めるような口調で促(うなが)した。「父は？」

「見えなかったよって言った。暗いし、目に水が入って、なにがなんだかわからなかったって」

「君はそれを信じたの？」

「うん……、たぶんね」

「夏の直線の話も？」

「え？」

「あの人の星の話なんて、ほとんどが嘘だろう」

僕がつぶやくと、なにに言ってるの、とアオは笑った。

「嘘じゃないよ。だってほら、見えるでしょ」

南の空に赤っぽく光っているのがさそり座のアンタレス、それを指さして、その指をそのまま右にすうっとスライドさせて、白く大きく光っているあの星とを結んだのが夏の直線。架空の目印、架空の星座、架空の話。

大きく息を吸って海に潜る。ゴーグルなんてもちろんないから、ろくに目も開けられない。ただ太陽の不在はわかった。海藻かゴミかなにかが足に絡(から)まる。数メートル進んだところでまた立った。首ほどまでの深さがある場所。

「アオ」

「うん？」

「これから僕も浮かぶから、父にやったみたいに、押してみて」

「沈んじゃうよ」

「うん」

「目、つぶってくれるならいいよ」

「うん」

身体から力を抜いて夜空を見上げる。ほら、あれがアンタレス。こう結んだら夏の直線。わかるか、羽白。じゃあいぬ座はある？　おおいぬ座とこいぬ座があるよ。ねこ座は？　あるよ。きょうりゅう座は？　あるよ。なんだってあるよ。ぜんぶにお話がついてるんだ。

教えてやろうか。

目を閉じる。

波ではないものが近づいてきて、僕の身体がゆらゆら揺れる。

「金星は、おじさんみたいなお父さんがいて、いいよね」

アオはそうつぶやいて、ゆっくりと僕に触れる。手は冷たかった。海水よりもよほど冷たく感じた。

みずと、

ほしぞら。

――目を。

閉じていてと、言ったのに。

都合のいい夢をみた。

その夜眠っていると、アパートに父が来るという夢だ。

なんだ、だれかと思えば羽白か。父は驚いてから笑う。お前かここを使ってたのは。明かりがついてると思ったんだよなあ。僕は酔っ払っているから起き上がれない。お前にはまだウイスキーは早いだろ。お母さんに怒られるぞ。

――人魚に会ったよ。

そりゃあ、夜の海には、それくらいいるさ。話すと面白いだろ。仲良くなると、海の一番底を見せてくれる。滅多にないけどな。やつら、人間不信なんだ。まあ、人間じゃない生きもんは、だいたいそうなんだよ。人間もかな。

――雪山は見つけたの。

それもなかなか難しくてな。俺、寒いの嫌いだからさ。日本ってけっこう広いの、お前知ってるか。だからもう少し探してみる。お前も来るか。

うん、と僕は躊躇いなく頷いた。うん、行くよ。父は驚き、それから笑った。大きな手で一瞬だけこちらの頭に触れて、そうだな、と囁く。いつかな。

目が覚めると頭が痛くてしかたなかった。大人がこんなものを飲む理由が、僕にはまったくわからない。しばらく呻(うめ)いた果てに布団から抜け出して、床に足をつく。今日は東京に帰る日だ。部屋をそうじして、ゴミを捨て、昼過ぎには出たほうがいい。夕食は家で食べると母に約束してある。

立ち上がって伸びをする。デスクの上に出しっぱなしにしていたウイスキーの瓶を引き出しにしまった。キッチンに立って水を飲み、お湯を沸かしながら煙草の箱を捜した。あと何本残っているかはすでに忘れていたが、残っていることだけはたしかなはずだった。

玄関の下駄箱の上、脱ぎ捨てたジーンズのポケット、半乾きの水着の周り、あらゆる場所を、僕は見て回った。

でもそれはもうどこにもなくて、たぶんそれは、海か星空のどちらかに吸い込まれたにちがいなかった。

本書は、書き下ろしです。

あとがき

こんにちは、あるいは、はじめまして。深沢です。

『英国幻視の少年たち』シリーズを書き終えて、いろいろ試みた果てに、なんと短編集を出すことになりました。テーマは「夏休みの高校生」。なんだかまぶしい響きですが、本編は、強い陽射しとくっきり浮かぶ影、みたいな感じになっています。深沢にとって夏は、海とプールと水飛沫のきらきらした世界ではなく、クーラーの効いた部屋と溶けていくアイスキャンディーと気怠い身体、というイメージ。でも、それはそれで好きです。

ぜんぶで五編、どれも話の中心は「ふたり」だけ。夏休みという短い永遠に生きる彼らと、少しだけいっしょに時間を過ごしていただければと思います。

さて、深沢はここ最近なにをしていたか。去年の夏は、前年に引き続きイギリスでお仕事をしていました。今年も、この本が出た直後くらいに出発予定です。恒例になってきましたね。一ヶ月くらい現地で過ごすので、「飽きない？」と言われるんですが、飽きません。「食事は大丈夫？」ともよく訊かれます。まあ、これは正直微妙なところではあるものの、そこまで繊細ではないので、こんなもんだろと思えば平気です。

　あと、去年はハワイにも行ってきました。アメリカ人の友人が、引っ越したからおいでよと呼んでくれたのです。行く前からいろんな人に「似合わない」と言われ、深沢自身もどうしてもガイドブックを読む気になれず、楽しめるかおおいに不安だったくせに、一ヶ月ちかく滞在し、満喫して帰ってきました。オアフ島ではなくハワイ島、コナではなくヒロ側ということで、ローカル感が強かったのもよかったかもしれない。日本では秋頃でしたが、ハワイではまだまだ泳げて、深沢は何年か何十年ぶりかに、海に入りました。海ガメに頭突きされ、ビーチで本を読み、太陽を浴びて眠りました。気持ちよかった。

　あとがきだけ読むといつも旅してるみたいなんですが、それ以外のときはとても地味に暮らしているので、書くことがないのです。でも、最近は国内旅行もよいなあという気分になっていて、関東近郊にもちょこちょこ出かけています。そして、あとはずっと原稿を書いています。物語を作ることと遠くに行くことは似ていて、どちらも、いつまでやっていても飽きないし、終わらないですね。次はどうしようかな。

　最後に、あとがきを書く間にかけていたＢＧＭを。なんとなく話に合わせたようなそうでもないような。日本を舞台にしたせいか、最近はずっと邦楽を聴いています。

■太陽病／DOES■夏の幻／GARNET CROW■追憶のマーメイド／THE YELLOW

MONKEY■ラッキープール／JUDY AND MARY■御祭騒ぎ／東京事変■ぼくの夏休み／平川地一丁目■Letters／宇多田ヒカル■愛に生きて／YUKI■1000のタンバリン／ROSSO■流星群／BUMP OF CHICKEN■君がいない夏／DEEN

それでは最後に。
ここまで読んでくださった皆さん、
また、この本の完成に関わってくださった方々に、心から感謝を。
ありがとうございました。
この物語のなかに広がる世界と、そこに生きる人びとを、
これからも愛していただければ幸いです。

深沢仁

この夏のこともどうせ忘れる

深沢 仁

2019年7月5日初版発行

発行者……………千葉 均
発行所……………株式会社ポプラ社
〒102-8519 東京都千代田区麹町4-2-6
電話……………03-5877-8109(営業)
03-5877-8112(編集)
フォーマットデザイン 荻窪裕司(design clopper)
組版・校閲 株式会社鷗来堂
印刷・製本 凸版印刷株式会社

乱丁・落丁本はお取り替えいたします。
小社宛にご連絡ください。
電話番号 0120-666-553
受付時間は、月~金曜日、9時~17時です(祝日・休日は除く)。

ポプラ文庫ピュアフル

ホームページ www.poplar.co.jp

N.D.C.913/268p/15cm
ISBN978-4-591-16343-6
P8111278

妖精が見える日本人大学生カイ・
雰囲気満点の英国ファンタジー

深沢仁
『英国幻視の少年たち ファンタズニック』

装画：ハルカゼ

日本人の大学生皆川海（カイ）は、イギリスに留学し、ウィッツバリーという街に住む叔母の家に居候している。死んだ人の霊が見える目を持つカイはそこで、妖精に遭遇。英国特別幻想取締局の一員であるランスという青年と知り合う。大学の構内で頻繁に貧血で倒れているランスをかまううちに、カイは次第に、幻想事件〝ファンタズニック〟に巻き込まれていく――。

英国の雰囲気豊かに描かれる学園ファンタジー第1巻！

夏至の前日、妖精の国へとつながる道へ
二人は戻ってこられるのか――

深沢 仁
『英国幻視の少年たち2
ミッドサマー・イヴ』

装画：ハルカゼ

イギリスに留学中のカイは、居候先の家主である叔母のマリコが、自分は魔女であると書き残して行方をくらましたため、英国特別幻想取締報告局のランスと同居することになった。ある日、ウィッツバリーで子どもが妖精に連れ去られる事件が起こる。夏至が近づいてきたために妖精の国へ赴くランス。カイは、同行するよう報告局から命じられる――。大反響の注目の英国ファンタジー、シリーズ第2弾！